Reinhart Brandau

Eine
Unendliche Reise

Roman

Bird Books Worpswede

Herstellung und Verlag
BoD Books on Demand, Norderstedt
Printmedium & e-Book
ISBN 9783848257898

… mein Vermächtnis an die Schöpfung,
der einst die Menschheit zugehörte …
und an die Glücklichen,
    die Teil von ihr geblieben sind …

In diesem Augenblick, in dem ich doch eigentlich von der „Unendlichen Reise" erzählen wollte, kommt mein kleiner Bruder Eckart herein und zeigt mir eine Märchengeschichte, die er gerade geschrieben hat – über den verwirrten Geist im Walde – und die geht so:

Einmal ist ein Mann, dessen Herz von Kummer über sein sinnloses Dasein schwer beladen war, hinausgegangen in den Wald.

Das Sonnenlicht brach durch die Wolken, und verzauberte die Regentropfen in den Bäumen und Büschen zu glitzernden Perlen und funkelnden Sternen.
Der Mann setzt sich, am Rande einer Lichtung, auf einen großen, niedergebrochenen Eichenstamm, und verbirgt sich in seinem Kummer.
Er sitzt da noch, als es Nacht wird. Es sind Sterne am Himmel, aber er weiß nicht mehr wo er sich befindet.
Jetzt glaubt er aus der Stille ein Lachen zu hören – lauscht – und vernimmt gurgelndes Klingen.
Der kummerbeladene Mann folgt der Stimme des Wassers und findet ein Quellbächlein. Er trinkt von dem kühlen Wasser, und ihm wird warm ums Herz. Und halblaut sagt er vor sich hin: mein Leben hat seinen Sinn verloren.
Da meint der bekümmerte Mann, das springende Wasser des Bächleins widerspräche ihm und sage: groß ist dein Schmerz – doch nur *verborgen* ist dir der Sinn deines Lebens!

Neben dem Bächlein ist eine trockene Felsenkammer. Dort legt der Mann sich nieder und versinkt in tiefen Schlaf.
Es träumt ihm, er müsse auf die Suche nach dem Sinn gehen.
Als er am Morgen dann erwacht, findet er Brot und Käse, eingebettet in große, frische Blätter, und am Abend liegt auch frisches Stroh und eine Decke unter dem Felsen.
Ja, ich weiß nicht, was mit mir geschieht. Aber zurück, in mein Haus, kann ich nicht mehr. Ich weiß nicht, woher ich gekommen bin. Nur mein Kummer ist mir geblieben.

Als er sich wieder über die Quelle niederbeugt, um zu trinken, spricht der Quell, und der kümmerliche Mann erkennt staunend, daß der Quell mit *ihm* spricht.

Was soll das bedeuten, sagt er – ein Quell, der im Walde aus dem Felsen springt, spricht die Sprache eines Menschen?!

Nein, sagt der Quell, dir ist die Gnade gegeben als Mensch die Sprache des klaren Wassers, welches aus dem Felsen springt, zu verstehen ... setze dich, der Sinn ist nicht verloren – du bist behütet, von den Geistern, die dir wohlgesonnen sind ...

So wurde der Mann ein Geist des Waldes, und sein Leid wandelte sich und zog vorüber, wie die Wolken am Himmel ...

*

EINE UNENDLICHE REISE

Yasmin sieht Marko zu, wie er die Ruder in langen Zügen durch die Wogen zieht; wie sich das Boot, den vor dem Bug kreuzenden Delphinen folgend, langsam auf ihre Insel zubewegt. Dabei erinnert sie sich an ihren Traum und fragt Mo: „Weißt du noch wie das kleine Dorf, zu dem wir morgen fahren wollen, heißt?"

„Gewiß – eine lange schmale Landzunge, die an einen Schwanenhals erinnert, umschließt die Bucht. Deshalb heißt das Dorf Schwanenhals."

Yasmin sieht Mo wie abwesend an: „Mo, letzte Nacht habe ich deinen Freund, den Raben, im Traum gesehen. Er sprach zu mir. Er sagte: >Ich wohne auf der Insel Schwanenhals, und habe dort lange schon auf Mo gewartet. Grüße ihn von mir. Ich warte dort auf ihn.<"

Und freudestrahlend ruft sie aus: „Ganz bestimmt hat dein Freund mit mir gesprochen. Du wirst ihn sicher bald wiedersehen!"

Mo schaut über das Wasser zur sich langsam nähernden Insel und weit über sie hinaus: „Wenn mein lieber Freund wirklich in diese Welt zurückgekehrt ist, und dort auf mich wartet, wird es keinen glücklicheren Menschen geben als euren alten Mo. Dann hat eine glückliche Fügung so vieles geschehen lassen, um dieses Wiedersehen herbeizuführen. Selbst der traurige Tod meines Freundes bekäme einen neuen Sinn; denn ohne ihn gäbe es kein so glückliches Wiedersehen …!"

Als sie in die Bucht einfahren, und das Boot auf sandigen Grund aufläuft, ziehen die Kinder es auf den Strand. Darauf laufen sie ins Wasser auf Stimme und Sanftauge zu, die sie schnatternd begrüßen. Marko streichelt Sanftauges Gesicht und sagt zu ihr: „Morgen fahren wir, schon ganz früh, weit aufs Meer hinaus zu der Insel Schwanenhals. Bitte begleite uns doch mit Stimme dorthin!"

Wieder schwenkt Sanftauge ihren Kopf hin- und her und schwatzt und knarrt aufgeregt, umkreist Yasmin und Stimme, mit der sie wieder diese merkwürdig tiefen Laute austauscht und davon schwimmt, bis die beiden weitab auf ihren Schwanzflossen umeinander tanzen, eh sie abtauchen und nicht mehr zu sehen sind. Yasmin schaut eine Weile nachdenklich auf die Stelle im Meer, an der sie verschwunden sind und sieht Marko fragend an: „Ob Sanftauge dich wohl wirklich verstanden hat?" „Ich weiß es nicht. Aber mein Gefühl sagt mir, daß sie und Stimme uns morgen auf dem Meer finden werden – irgendwie. Komm, laß uns Mo mal beim Ausladen helfen."

Aus dem Boot reicht Mo ihnen zwei Bündel, Decken, und Felle. „Hier, das ist mein Bettzeug und hier", er reicht ihnen zwei Körbe, „ist Proviant für viele Tage. Alles andere kann im Boot bleiben. Morgen haben wir dann nicht so viel zu schleppen."

In der Höhle dann, fragt Yasmin Mo: „Soll ich dein Bett gleich neben unserem Lager herrichten?"
„Das wäre mir sehr recht. Wollen wir dann gleich ein Feuer machen, und Kartoffeln rösten?"
„Oh ja!" antworten die Kinder und Marko meint: „Ich weiß einen guten Platz. Ganz in der Nähe ist ein kleiner Strand. Von da können wir die Durchfahrt überblicken, durch die ein Boot fahren muß, das vom Dorf kommt."
Yasmin legt sich in die Felle, die sie auf dem Boden ausgebreitet hat. „Mo, dein Bett ist weich und kuschelig geworden. Darin wirst du gut schlafen können."
„Ich freue mich schon darauf, und jetzt erstmal auf unser Mittagsmahl. Hier, du kannst den Korb schon zum Strand bringen. Ich sammele mit Marko noch Holz für das Feuer."
Yasmin bringt den Korb zum Strand, Mo und Marko gehen zu der Kiefer und sammeln umherliegende Äste auf. Als sie damit zum Strand kommen, hat Yasmin den Inhalt des Korbes auf einen großen Stein verteilt. Marko nimmt das bereitliegende Feuerzeug und kniet sich in den Sand. Yasmin kniet sich vor ihn hin, den Funken anzublasen. Bald zieht ein dünner Rauchfaden durch den Zunder, in dem ein Flämmchen zu knistern beginnt. Erst legt Marko dünne Äste über das Flämmchen, dann immer dickere, bis ein loderndes Feuer brennt. Darauf verteilt er die Kartoffeln unter das Feuer in den Sand.
Mo hat sich oberhalb des Feuers auf einem Felsrücken niedergelassen. Die Kinder setzen sich zu ihm und schauen eine Weile schweigend über das Feuer und das Meer zu den Inseln rüber.
Mo schaut in die Richtung, aus der er mit dem Boot gekommen ist; „Ob ich mein Häuschen wohl je wiedersehen werde? Mir ist, als sei es ein Abschied für immer gewesen."
Yasmin sieht ihn an, als müsse sie ihn trösten; „Bist du traurig, Mo?"
„Auf der Fahrt hierher war mir schon etwas melancholisch zumute. Bevor ich runter zum Boot ging, habe ich den Kastanienbaum

über meinem toten Freund noch einmal umarmt. Mich von ihm zu trennen, war schwer. Als ihr dann mit euren Freundinnen angeschwommen kamt, und zu mir ins Boot gestiegen seid, ging es mir schon viel besser. Seit du mir dann von deinem Traum erzählt hast, und davon, daß mein Freund wieder da ist und auf mich wartet, bin ich der glücklichste Mensch auf Erden. Ich freue mich ja so auf unsere Reise morgen, und darüber, daß ich jetzt mit euch hier auf dieser Insel bin."

Yasmin sieht Mo aus leuchtenden Augen an: „Wir können jetzt ja immer zusammen bleiben." und Marko sagt begeistert: „Ja, wir drei, und Stimme und Sanftauge und dein Freund, der Rabe!"

Am Feuer, das inzwischen etwas niedergebrannt ist, beginnt Marko mit einem Stock in der Asche zu stochern und die Kartoffeln zu wenden. Dabei angelt er eine hervor, die er kurz zwischen Daumen und Zeigefinger drückt. „Autsch! Die ist noch ganz fest. Es dauert wohl noch. Ich geh mal Wasser holen."

Als Marko mit dem Krug Wasser zurückkommt, angelt er wieder eine Kartoffel aus der Asche. Sie fühlt sich weich an. Er bricht sie auseinander. Aus dem mehligen Inneren steigt ihm ein Duft in die Nase, von dem ihm das Wasser im Munde zusammenläuft. „Jetzt sind sie gar." stellt Marko fest, und angelt eine nach der anderen aus dem Feuer.

Yasmin bringt eine irdene Schale, nimmt die Kartoffeln einzeln schnell hoch und läßt sie hineinfallen. Die bringt sie zu Mo, und stellt sie neben ihn auf den Stein. Marko sammelt am Strand drei längliche Muschelschalen, die er im Meerwasser abspült und zu den Kartoffeln legt. Nun stellt Mo einen Topf mit Griebenschmalz und den Mörser mit zerriebenem Meersalz dazu. Jeder nimmt sich eine Kartoffel, ritzt die angesengte Schale mit seiner Muschel, bricht sie in zwei Hälften, streut etwas Salz darauf und löffelt mit der Muschelschale Kartoffel und Schmalz.

Als die letzte Kartoffel verzehrt, und der Krug geleert ist, meint Yasmin: „Eigentlich ist es schade, daß wir die Insel verlassen; und das nur, weil wir vor dem Mann der Kirche fliehen müssen."

„Denk mal an unseren Traum, Yasmin, auf Mo wartet doch sein Freund der Rabe in Schwanenhals. Und vielleicht gibt es dort sogar einen Glockenblumenberg und Menschen, die freundlich sind, und einen weißen Schwan und vieles mehr. Ich freu mich auf die Reise dorthin, mit dir und Mo, und unseren Freundinnen im Meer."

„Ich freu mich doch auch darauf; aber ich hab unsere Insel so lieb gewonnen, daß es mich auch etwas traurig macht, daß wir sie verlassen wollen." Sie sieht Mo und Marko fragend an: „Habt ihr nicht auch so eine Ahnung, daß wir nie mehr wiederkommen werden?"

Mo schaut in die Glut des niedergebrannten Feuers.

„Eben erst habe ich zugesehen, wie ihr das Feuer entfacht habt. Jetzt züngeln nur noch kleine Flämmchen aus der Glut, die immer mehr in sich zusammensinkt, bis sie ganz verlöschen wird. Eh ihr es angezündet habt, gab es dieses Feuer nicht, und so ist es auch mit dieser Insel. Bevor du", er sieht Marko an. „sie entdeckt hattest, gab es sie für dich noch nicht. Es ist, als ob sie aus dem Meer stieg, und es wird sein, als wenn sie wieder im Meer versinkt. Die Zeit läßt alles entstehen und wieder vergehen. In unserer Erinnerung aber, werden dieses Feuer und die Insel bleiben, denn sie sind ein Teil von uns geworden."

Wir werden viel Neues erleben, wenn die Insel hinter uns versinkt; so wie wir viel Neues erleben werden, wenn wir eines Tages unsere Körper verlassen. So wie die Sonne untergehen muß, eh der Himmel im Glanz der Sterne erstrahlen kann – ohne deren Untergang, würde es auch keine Morgensonne und keinen neuen Tag mehr geben. Und ohne das Sterben, würde es auch kein neues Leben geben – außer", er sieht die Kinder an: „wenn Menschen so miteinander sind, wie wir, dann entsteht etwas, das aus dem Herzen wächst, ohne daß dafür vorher etwas sterben muß …"

„Ja", sagen Yasmin und Marko, wie aus einem Munde, „und wenn wir mit Sanftauge und Stimme zusammen sind."

„Und", fügt Mo hinzu, „wenn ein Rabe der Freund eines Menschen ist und natürlich auch, wenn ein Rabe der Freund eines Raben ist."

Yasmin legt ihren Kopf zurück, schaut in den Himmel und fragt: „Was dabei zu leben beginnt, was da ist, obwohl wir es nicht sehen können – ob das vielleicht die guten Geister sind?" „Oder die bösen, die mit dem Kirchenmann auf der Insel waren?" fügt Marko hinzu. „Ja", sagt Mo nachdenklich. „ich glaube in unseren Herzen werden gute Geister geboren und wenn sie uns mögen, bleiben sie in unserer Nähe. Wenn wir aber böse Gedanken haben, verlassen sie uns wieder. Das kann leicht passieren, wenn wir mit Menschen sprechen, wie dem Kirchenmann."

„Wenn wir die Insel verlassen haben", meint Yasmin. „werden wir den wohl auch nie mehr wiedersehen; und jetzt möchte ich den großen Vogel noch einmal besuchen. Kommt ihr mit?"

Yasmin ist zuerst am Nest. Der Vogel ist jedoch nicht mehr da. In der Nestmulde liegen nur noch zerbrochene Eierschalen. Erschrocken ruft sie aus: „Was ist hier bloß passiert? Alle Eier sind entzwei!"

„Hört ihr das leise Fiepen?", fragt Marko jetzt. „Es kommt vom Tümpel her, und hört sich wie kleine Vögel an. Vielleicht sind sie gerade geschlüpft. Laßt uns einmal nachsehen!"

Vorsichtig nähern sich die drei dem Gewässer und erblicken nun den Vogel, der, von lauter kleinen, gelben Wollknäulchen umringt, darauf schwimmt.

Yasmin hat in ihrer Freude vergessen, daß der Vogel Angst vor Menschen haben muß, geht weiter auf ihn zu und kniet am Wasser nieder. Aus seinen großen, dunklen Augen sieht sie der Vogel an – und schwimmt langsam auf sie zu.

„Der Vogel kennt mich ja", denkt Yasmin. „und diese Augen sind mir so vertraut. Irgendwann habe ich sie doch schon einmal gesehen!"

Eines der Kleinen schwimmt auf sie zu. Die Vogelmutter ruft es mit glucksenden Lauten und schwimmt mit ihm wieder aufs Wasser hinaus. Leise sagt Yasmin zu dem geheimnisvollen Vogelwesen: „Ich verlasse diese Insel bald, und wünsche dir viel Glück mit deinen Kindern."

Noch leicht benommen steht sie auf, und geht zu Mo und Marko zurück.

„Könnt ihr euch vorstellen?" sagt sie. „die Vogelmutter ist wie eine alte Bekannte. Ihre Augen sind mir so vertraut, als wären wir schon einmal gute Freundinnen gewesen!"

„Doch", sagt Mo. „ich hab sowas auch schon erlebt; aber nie darüber nachgedacht, bis die Leute in Schwanenhals mir erzählten, daß sie ihren Verstorbenen manchmal in neuer Gestalt wiederbegegnet sind. Vielleicht kennst du die Vogelmutter ja sogar noch aus einem deiner früheren Leben. Was meint ihr, Kinder, wollen wir zur Höhle, und alles, was wir für die Nacht nicht brauchen, schon mal ins Boot bringen?"

Als die drei am frühen Abend in die Höhle zurückkehren, strahlt ihnen das warme Licht der Öllampe aus dem Höhlendunkel entgegen. Mo setzt sich an seinen Platz auf dem Sims und schaut zu, wie die Kinder den „Felsentisch" decken. Als all die Köstlichkeiten vor Mo verteilt sind, setzen sich die Kinder zu ihm, wobei Marko sagt: „Das ist wohl unser letztes Abendbrot hier in der Höhle, und es ist so schön, daß wir nun alle zusammen sind."

„Ja", sagt Mo. „es ist so heimelig mit euch hier." und Yasmin meint: „Wir wollen dieses Abendessen noch richtig genießen. So gemütlich, wie jetzt hier, wird es wohl so bald nicht wieder sein."

Nach ihrem Abendmahl gehen Mo und die Kinder noch einmal nach draußen. Die Abendsonne steht tief über dem Meer. Schweigend hängt jeder seinen Gedanken nach. Dann verkündet Mo: „Heute werden wir uns, noch eh die Sonne untergeht, schlafen legen. Und wenn sie wieder aufgeht, schwimmen wir wohl schon eine ganze Strecke von der Insel entfernt, auf dem Meer."

Yasmin streckt ihre Arme der Sonne entgegen und dreht sich tanzend im Kreis: „Ich bin aber noch kein bisschen müde. Ich weiß nicht, ob ich schon gleich einschlafen kann."
„Ich auch nicht", stimmt Marko ihr zu. „aber wir können es ja einfach mal versuchen."
„Ja", sagt Mo. „laßt uns zurück in die Höhle gehen. Ich bin gespannt, wer als erster eingeschlafen ist."
In der Höhle empfängt sie wieder das gemütliche Licht der Öllampe.
„Wer ist als erster im Bett?" kichert Yasmin, zieht sich schnell aus und krabbelt unter die Felle. Im nächsten Augenblick hat sich auch Marko entkleidet, meint lachend: „Der Letzte macht das Licht aus!" und ist unter den Fellen verschwunden.
Doch gleich darauf wühlt er sich wieder aus ihnen hervor: „Laß das!" kichert er glucksend. „ich bin doch kitzelig!"
„Du hast selber angefangen, mit deinen Füßen an meinen. Da bin ich doch besonders kitzelig."
„Du stellst dich aber an. Ich habe sie ja gar nicht gesehen!"
Lachend greift sie jetzt nach seinen Füßen, daß er juchzt und strampelt.
„Du stellst dich ja noch mehr an. Jetzt siehst du, wie das ist."
„So kitzelig bin ich ja sonst auch nicht. Läßt du mich jetzt wieder unter die Felle, ohne Kitzeln?"
„Na gut." Zögerlich krabbelt Marko bäuchlings unter die Felle. Als er Yasmin leicht berührt, muß er ein Kichern unterdrücken, und es dauert eine Weile, bis sich die beiden beruhigt haben.

Mo legt sich mit einem Seufzer der Behaglichkeit in sein Lager und zieht die aus mehreren Fellen zusammengenähte Decke über sich.
„Heute soll die Lampe die Nacht über brennen", sagt er. „damit wir in der Frühe gleich Licht haben. Schlaft gut, Kinder. Gute Nacht!"
„Schlaf du auch gut, Mo", hört er die Kinder sagen. „gute Nacht!"

*

Aus dem Dunkel leuchtet schwarzes Glühen. Näher und näher. Schwarzes Vogelauge löst sich aus der Nacht. Beglückende Wärme umfängt Mo. Sein Freund, der Rabe, ist ihm ganz nah. Mos Lippen fühlen die weichen Federn seines Halses, die nach Wildheit und Liebe duften. Seine Schwingen umfangen ihn zärtlich, tragen ihn aus dem Dunkel durch graue Nebel ins Licht. Tief unter ihnen breitet sich weit das Meer. Ein großes Segelschiff zieht langsam am Dorf vorüber. Delphine umkreisen es und schwimmen auf den Hafen zu. Sie haben etwas, wie eine Botschaft, für die Leute im Dorf. Als sie den Hafen erreichen, verdunkelt sich das Wasser, Nacht kriecht ins Dorf, legt sich über Häuser und Meer. Im Hafen erglimmen weiß leuchtende Sternchen. Unruhig fliegen sie umher – wie kleine Vögel. Jetzt beginnen sie einander zu umkreisen. Leiser Gesang erklingt, mit dessen wehmütiger Melodie sie als Lichterkette hinaus auf das Meer schweben, und in der Ferne verglimmen.

Unheimlich ist die Stille der Nacht, in der Mo erwacht. Er weiß sofort, dieser Traum war nicht nur ein Traum. Was er da erlebt hat, wird noch geschehen. Ihm wird bang, wie er ins Dunkel der Höhle schaut, aus dem ihm das stille Licht der Öllampe verloren entgegen leuchtet.
„Es wird da ein Schiff sein", stellt Mo sich vor. „Delphine werden es umkreisen und mit irgendeiner Botschaft in den Hafen schwimmen. Aber was könnte das für eine Botschaft sein? Warum wird es dann so dunkel – und was waren das für schwebende Lichter mit ihrem Trauergesang? Sollte den Delphinen etwas zugestoßen sein? Waren die schwebenden Lichter deren Seelen, die ihre Körper verlassen hatten?" Mo starrt tief ins Höhlendunkel, in dem seine Gedanken als bange Ahnungen hängenbleiben.

Das leise, friedliche Atmen der Kinder beruhigt sein Gemüt. Langsam verblaßt der Traum, und Mos Gedanken kehren in die Gegenwart zurück. Durch die Pflanzen am Höhleneingang sickert matt, kühles Licht. „Es wird noch tiefe Nacht sein", denkt Mo, erhebt sich leise von seinem Lager und geht auf den Höhleneingang zu. Als er den Pflanzenvorhang teilt, schaut er in eine klare Sternennacht, aus der ein Halbmond silbriges Licht über Meer und Insel flutet. Vorsichtig steigt er hinab in den Oleander und geht zu der alten Kiefer. Dort sammelt er trockene Äste auf und trägt sie in die Höhle. Bald darauf erhellen die Flammen eines kleinen Feuers das Dunkel des Raumes. Sein Knistern weckt die Kinder aus leichtem Schlaf. Verwundert richten sie sich von ihrem Lager auf.

„Bist du schon lange wach, Mo?", fragt Marko, und Yasmin: „Ist es schon soweit. Wollen wir bald los?"

„Ja, es ist noch Nacht, aber Mond und Sterne leuchten so hell, daß wir unsere Sachen ins Boot bringen und losfahren können. Laßt uns frühstücken, und uns bald auf den Weg machen."

*

Nach dem Frühstück bringen Mo und die Kinder ihre Habseligkeiten zur Bucht, und legen sie neben dem Boot in den Sand. Ein leichter Nachtwind haucht sie an. Mo steckt einen Finger in den Mund, befeuchtet ihn und hält ihn hoch. Die Seite, auf der er eine Kühle fühlt, weist nach Norden.

„Der Wind kommt von Nord." Mo lächelt zufrieden. „Schwanenhals liegt südwestlich von hier. Wir können segeln. Laßt uns mal gleich den Mast aufrichten."

Sogleich klettert Marko ins Boot, streift Gaffel, Ringe und Holm auf den Fuß des Mastes, und fädelt die zwei Taue, mit denen das Segel gehievt wird, durch den Block an der Mastspitze. Dann richtet er den Mast auf, und steckt dessen Fuß in die Höhlung eines Eichenklotzes, der auf dem Kiel fest verankert ist. Während Marko bemüht ist, den Mast senkrecht zu halten, vertäut Mo einen der herabhängenden Tampen am Bug, die zwei anderen an beiden Seiten des Bootes.

„So", stellt Mo fest. „der Mast steht schon mal. Wenn alles eingeladen ist, können wir lossegeln."

Marko verstaut die Sachen, die Yasmin und Mo ihm reichen, sorgfältig im Bug. Dann springt er vom Boot, und zu dritt schieben sie es langsam über den Strand ins Wasser. Während Marko das leicht dümpelnde Boot festhält, klettern Mo und Yasmin an Bord und lassen sich auf der Heckbank nieder. Dann steigt auch Marko ein und setzt sich auf die Ruderbank.

Er schaut in den Nachthimmel – ungefähr dort, wo Mos Haus liegt, verblassen die Sterne schon in der den Sonnenaufgang ankündigenden Morgenröte, unter der die Nachbarinsel noch tiefdunkel, hinter der mattschimmernden Wasserfläche liegt.

Während Mo und Yasmin still die schattigen Formen der Insel betrachten, beginnt das Boot sich, kaum merklich zu bewegen. Der leichte Wind wendet seinen Bug langsam von der Insel ab, und läßt es sachte an ihrem zerklüfteten Ufer vorbeitreiben.

Schweigend sehen die drei, wie sich ihre Insel unendlich langsam entfernt.

Endlich bricht Marko das Schweigen: „Wir *müssen* die Insel ja verlassen. Und das Meer da vor uns ist so groß und weit."

„Mir ist auch ganz merkwürdig zumute", seufzt Yasmin. „so, als würde ich einen lieben Freund zurücklassen."

„So ging es mir auch, als ich mich von meinem Haus, der Ziege, dem Garten mit den Obstbäumen und der Kastanie verabschiedet habe. Jetzt aber freu ich mich, mit euch zusammen auf dieser Abenteuerreise zu sein."

Marko sieht Mo mitfühlend an: „Du hast ja viel mehr hinter dir gelassen als wir. Wir sollten auch nach vorn schauen und uns auf das freuen, was wir alles zusammen noch erleben werden. Soll ich mal das Segel hissen?"

„Das wäre gut, Junge. Wir haben ja noch einen weiten Weg vor uns."

Marko zieht das Segel an den Seilen, die über die Rolle unterhalb der Mastspitze laufen, hoch. Bald bläht sich das schwere, braune Tuch ruhig in der leichten Brise, und bringt das Boot in Fahrt. Glucksend teilen sich die kleinen Wellen an seinem bauchigen Bug.

Im Osten scheint sich der Himmel nun, über dem hügeligen Horizont des Festlandes, zu entflammen. Dann geht eine tiefrote Sonne auf.

„Seht ihr die feinen Wolkenschlieren über den Hügeln dort?", fragt Mo mit bedenklicher Miene.

„Ja", meint Yasmin. „es sieht aus, als habe ein rosa Vogel im Flug einige Federn dort gelassen."

Auch Marko sieht bedenklich drein, als er sagt: „Das ist kein gutes Zeichen. Hoffentlich müssen wir nicht auch noch Federn lassen."

Yasmin sieht Marko fragend an: „Wie meinst du das? Was sollten uns die fernen Federwölkchen tun?"

„Solange sie weit weg sind, haben wir nichts zu befürchten. Sie könnten aber auch näher kommen und ein Unwetter mitbringen. Wenn wir dann noch auf hoher See sind, kann unser Boot sogar untergehen."

Beunruhigt wendet sich Yasmin an Mo: „Glaubst du auch, daß es wirklich so schlimm kommen kann?"

„Unser Boot ist ja ein gutes Boot. Aber so beladen, wie es jetzt ist, könnte es schon untergehn – wenn es so stürmt, daß die Wellen über Bord kommen. Wir müssen auf die Wölkchen achten und den Kurs ändern, sobald sie näher kommen. Etwas abseits von unserem Weg liegt ein kleines Eiland. Dort könnten wir Schutz finden, wenn es stürmisch wird."

Der leichte Wind hat zugenommen, und aus dem Glucksen am Bug ist ein in den langen Wogen auf- und abschwellendes Rauschen geworden, mit dem sich der Bug behäbig hebt und senkt. Mo weist auf den Wimpel über der Mastspitze, der, nur am Ende leicht flatternd, gerade im Winde liegt.

„Der Wind frischt schon auf und hat von Nord auf Nordost gedreht. Wir müssen wohl mit Wind und Wetter rechnen, und versuchen, das kleine Eiland zu erreichen."

Mo bewegt die Ruderpinne bis das Boot, wie er hofft, den Kurs zu dem Eiland gefunden hat. Yasmin schaut neben sich auf die Wogen hinab: „Wie schnell das Wasser vorbeirauscht!" wundert sie sich. Dann wendet sie sich zurück:„Schaut mal, wie weit unsere Insel schon weg ist!"

Mo betrachtet nun auch die sich immer weiter entfernende Insel, weist dann aufs Festland: „Seht ihr den dunklen Streifen, der dort über den Hügeln hängt? Das Wetter ist noch weit weg, aber es kommt doch stetig näher."

Marko schaut auf die noch weichen Wogen, die sich, scheinbar immer langsamer werdend, vor dem Boot fortbewegen. Endlich versucht eine Woge vergeblich davonzuwogen. Langsam klettert der Bug des Bootes an ihrem flachen Abhang hoch, teilt ihre Krone, rauscht über sie ins Wellental hinab und gleitet auf den nächsten Wellenkamm zu.

„Der Wind wird stärker", denkt Marko laut. „und das Boot immer schneller. Wir müssen das Eiland erreichen, eh der Sturm kommt und das Meer aufwühlt, wie damals, als ich den Hafen gerade noch erreichen konnte."

Besorgt wandert sein Blick über das Meer, in der Hoffnung, am Horizont eine Insel zu entdecken, von dort zu dem Wolkenstreifen über dem Festland und wieder aufs Meer zurück.

Endlich glaubt er etwas zu bemerken. Dort, auf der feinen Linie des Horizontes, scheint sich eine kleine Unebenheit zu erheben.

„Yasmin! Mo!" ruft er. „da drüben am Horizont, da ist etwas, seht ihr es auch?"

„Junge, das könnte das Eiland sein!"

Yasmin schüttelt den Kopf, als sie fragt: „Der kleine Fleck soll eine Insel sein?"

„Sieh dich doch mal um, Kind. Viel ist von unserer Insel auch nicht mehr zu sehen. Wir können nur hoffen, daß das Wetter nicht über uns kommt, eh wir sie erreichen."

*

Sanftauge und Stimme hatten seine Worte wohl kaum verstanden, als Marko ihnen von der bevorstehenden Reise nach Schwanenhals erzählte. Danach waren sie wieder mit ihren Gefährten unterwegs.

Ohne zu wissen warum, lösen sie sich von ihnen und kreuzen, scheinbar ziellos, umher.

„Ein Boot!" ruft Stimme aus.

„Unsere Freunde." antwortet Sanftauge und schwimmt mit Stimme darauf zu.

„Irgendetwas ist anders", sagt Sanftauge näherkommend und springt über die Wogen. Stimme folgt ihr und wieder eintauchend bemerkt sie: „Über dem Boot ist es anders und es bewegen sich keine Flossen im Wasser, wie sonst doch immer."

Mit dem Wunsch: „Wir wollen unsere Freunde finden." eilt Sanftauge, von Stimme gefolgt, auf das Boot zu. Endlich sind sie ihm so nah, daß sie mit ihrem Echo den Rumpf und jede Niete genau erkennen können.

„Unser Boot!" ruft Sanftauge glücklich und schnellt mit Stimme aus dem Wasser. Auf ihren Schwanzflossen reitend, begrüßen sie pfeifend ihre Freunde im Boot.

„Stimme! Sanftauge!" rufen diese. „ihr habt uns gefunden!"

Den Kopf über Wasser, gleiten die beiden aufgeregt schnatternd an die Seite des Bootes. Marko beugt sich zu ihnen, streichelt sie und spricht in das Schnattern hinein: „Ich bin ja so froh, daß ihr da seid! Wir wollen zu der kleinen Insel dort. Begleitet ihr uns?" Auf- und abtauchend überholen sie nun das Boot und schwimmen, vor dem Bug kreuzend, voraus.

„Sie wollen uns wohl begleiten." sagt Marko hoffnungsvoll. „Und wenn es ganz schlimm kommt, können sie uns auf die Insel retten."

Mo schaut verlegen drein: „Es darf aber nicht ganz schlimm kommen. Ich kann ja nicht schwimmen."

„Ist das wahr?" fragt Yasmin. „Das ist doch ganz leicht! Marko hat mir gezeigt, wie es geht, und du kannst es auch von ihm lernen."

„Ich verspreche feierlich: sollte ich diese Reise überleben, werde ich schwimmen lernen. Wie es aber da drüben aussieht", er betrachtet die dunkle Wolkenbank. „bin ich mir nicht so sicher." Erst sieht Yasmin Mo ängstlich an. Dann lächelt sie mühsam; „Sieh doch, da vor uns, das Eiland! Es ist schon ganz nah!"

„Es ist weit genug, daß einiges passieren kann. Der Wind hat zwar kaum noch zugenommen, und doch beginnt das Meer schon hier und da zu schäumen. Das sind die Vorboten einer rauhen See."

Der Anblick der vorausschwimmenden Delphine beruhigt Mo und die Kinder. Stetig wächst das Eiland vor ihnen aus dem Meer. Schroff steigen seine nackten Felsen auf, an deren Fuß es mal hier, mal da, hell aufleuchtet.

Unvermittelt läßt der Wind nach, bis das Segel schlaff herabhängt und das Boot auf der Stelle dümpelt. Unheimlich die Stille, in der die Schreie von Möwen wie klagendes Hohngelächter klingen. Mo steht auf, reckt sich und schaut den über sie hinwegfliegenden Möwen nach.

„Sie fliegen auf das Eiland zu, um dort vor dem heraufziehenden Unwetter Schutz zu suchen. Sie werden bald dort sein – aber wir ... seht euch mal den Himmel an!"

Dunkel zieht eine Wolkenbank heran und schiebt sich vor die Sonne, die sachte in ihr verlischt. Sogleich verdunkelt sich das Meer indes das Eiland noch eine Weile einladend über dem Meeresgrau leuchtet, eh es, wie von Geisterhand berührt, im Regengrau versinkt.

Gespenstisch die Stille, in die hinein Mo jetzt ruft: „Ich bin ja noch viel dümmer als ich alt bin! Das hatte ich doch kommen sehn müssen. Und nun ist das Eiland nicht mehr zu sehen. Das Nordholz aber, liegt fein säuberlich verpackt bei den Werkzeugen. Wie sollen wir denn jetzt den Weg zu dem Eiland noch finden?"

„Aber Mo", meint Marko beschwichtigend. „wir wissen doch die Richtung ungefähr, in der das Eiland liegt!"

„Ungefähr genügt nicht Junge. Dafür ist es zu klein. Aber es bleibt uns ja nichts, als es wenigstens zu versuchen. Hol mal das Nordholz aus dem Werkzeugbeutel, und den großen Kochtopf. Es liegt beides unter den Fellen am Bug."

Marko kramt Topf und Holz hervor, reicht Mo das Holz, schöpft Wasser in den Topf und stellt ihn vor Mo auf den Boden. Das Holz hat die Gestalt eines Einbaumes, dessen Kiel aus einer Eisenstange geformt ist. Das Eisen ist ein Magnet. Es bewirkt, daß der Bug des Schiffchens nach Norden weist. Vorsichtig setzt Mo es auf das Wasser im Topf, worauf es sich sehr langsam dreht, bis es sich auf die Nord-Süd-Achse ausgerichtet hat.

Verwundert hatte Yasmin, die noch nie von einem Nordholz gehört hatte, zugeschaut.

„Dieses Schiffchen da im Topf soll uns den Weg zum Eiland zeigen?", fragt sie zweifelnd. „Das kann doch nicht wissen, wohin wir wollen. Oder sollte es gar verzaubert sein?"

„Das nun gerade nicht", antwortet Mo. „aber es weiß genau wo Norden ist." und während ein kaum spürbarer Wind das Boot wieder vorwärts bewegt: „Jetzt drehe ich den Topf, bis dieser Henkel nach Nordwest gerichtet ist, wobei das Boot, hoffentlich, noch gen Süden läuft. Nun steuere ich unser Boot so, daß – noch ein wenig mehr – siehst du, der Bug des Schiffchens liegt vor dem Henkel, und wir fahren nach Südwest auf das Eiland zu."

Mo hat noch etwas sagen wollen, wird aber durch das Erscheinen von Sanftauge und Stimme unterbrochen. Neben dem Boot, das sich kaum fortbewegt, sind sie aufgetaucht und schauen Mo und die Kinder wie fragend an. Marko wendet sich ihnen zu: „Sobald der Wind wieder bläst fahren wir weiter zur Insel. Schwimmt ihr dann voraus, und zeigt uns den Weg?!"

Seine letzten Worte reißt ihm eine plötzliche Windböe förmlich vom Munde weg und fährt ins Segel, daß es knattert und ächzt. Dann ist wieder Stille, wie zuvor.

Sanftauge und Stimme lassen sich schnatternd in die Wellen sinken, und umkreisen, den Kopf über Wasser, das Boot. Wieder bläht sich das Segel im Wind. Als er zunimmt, kommt das Boot in Fahrt und ist bald so schnell, daß es die Wogen wieder überholt. Stimme und Sanftauge haben die Führung übernommen, und schwimmen voraus. Dabei springen sie oft über die Wogen, wie, um sich zu vergewissern, daß ihnen das Boot auch folgt.

„Hört ihr das Rauschen?", fragt Mo gerade noch – dann fegt eine Regenbö über ihn und die Kinder hinweg. Das Segel knattert. Schwere Regenschauer bringen das Meer zum Kochen, und Sanftauge und Stimme sind nicht mehr zu sehen. Unverdrossen hält Mo das Boot auf Kurs, wobei er sich wieder auf das Nordholz verläßt. Dabei schaut er über die Wogen, von deren steiler werdenden Kämmen der Wind Gischtfetzen reißt und versprühend vor sich her weht. Plötzlich, wie er begonnen hatte, hört der Regen auf und wandert als waberndes Grau mit dem Wind über das Meer davon.

„Da vorne sind unsere Freundinnen wieder!", ruft Marko erleichtert und gleich darauf: „Sie ist ja schon ganz nah!" und deutet mit ausgestrecktem Arm auf die Felsen, die sich aus dem verwehenden Regengrau lösen.

„Wir haben es doch noch geschafft!" ruft Yasmin erleichtert aus. „Noch nicht ganz, mein Kind. Sieh doch, wie die Wellen an den Klippen aufgischten. Sie könnten das Boot zertrümmern, wenn wir versuchen würden, dort zu landen. Wir müssen schon hinter das Eiland in ruhigeres Wasser gelangen, und dabei so nah wie möglich am Ufer bleiben, um nicht vom Wind vorbeigeweht zu werden."

Mo hat direkt auf die Insel zugehalten. Inzwischen sind sie ihr so nah gekommen, daß sie das dumpfe Donnern der Brandung hören. Nun steuert Mo leicht nach Steuerbord in der Absicht, am rechten Ufer entlangzufahren. Endlich sind sie mit der Insel auf gleicher Höhe und nähern sich dem Ufer.
Nun löst Marko die Taue mit denen er das Segel aufgezogen hatte, läßt es herabfallen, und verzurrt es. Darauf setzt er sich, ergreift die Ruder und zieht sie kraftvoll durch die Wellen. Das Boot nähert sich dem Ufer, taucht in den Windschatten der Insel und bewegt sich auf ruhiges Wasser zu, aus dem vereinzelt, kleine Klippen ragen.

Erleichtert sagt Mo: „Nun haben wir es doch noch glücklich geschafft. Yasmin, du kannst mal nach vorne gehen und Bescheid sagen, wenn wir auf eine Untiefe zusteuern."
Yasmin lehnt sich über den Bug und schaut in das klare Wasser hinab. Dort bewegt sich ein kleines Felsengebirge auf sie zu, dessen Zinnen fast bis an die Wasseroberfläche reichen und seitlich am Boot vorbeiziehen. Tangwäldchen bedecken das langgezogene Tal, von dessen Hängen einzelne Pflanzen hochwachsen und sich in leichter Strömung hin- und her bewegen. Jetzt steigt das Tal auf und bildet einen halbrunden Kamm, der, nicht weit entfernt, den Wasserspiegel fast erreicht.

„Stop!", ruft Yasmin, „da vorne ist ein Felsgrad!" Eilig klettert Marko, ein Ruder in der Hand, zum Bug, wobei sich das Boot auf den Felsen zubewegt. Er taucht das Ruder, auf ihn gerichtet, ins Wasser, um das Boot anzuhalten, falls es den Fels zu rammen droht. Doch das Ruder erreicht das vermeintliche Hindernis nicht ganz, und das Boot gleitet darüber hinweg.
Yasmin sieht Marko bedauernd an. „Ich hätte ja gar nicht Bescheid sagen brauchen." „ Doch - unbedingt! Man kann nicht vorsichtig genug sein. Paß nur weiter gut auf." Damit klettert er zurück zu seiner Bank und rudert weiter.

„Wo sind Sanftauge und Stimme denn geblieben?", wundert sich Yasmin. „Vielleicht sind sie vorausgeschwommen, und warten irgendwo auf uns." meint Marko.

Vor dem steilen, felsigen Ufer, ragt ein großer Felsen aus dem Wasser. Mo steuert auf ihn zu, in die schmale Durchfahrt zwischen ihm und der Insel. Zu aller Überraschung öffnet sich hinter dem Felsen eine Bucht. Ein Wäldchen säumt den Strand und zieht sich die sanfte Anhöhe hinauf.
Mo weist auf das sandige Ufer, und sagt: „Dort können wir rasten und auf besseres Wetter warten."
Seine Worte sind kaum verklungen, da springen Sanftauge und Stimme am Heck des Bootes aus den Fluten, tauchen am Bug wieder ein und jagen auf den Strand zu.
„Was haben die denn? Sie sind ja ganz aufgeregt!", wundert sich Yasmin.
„Seht nur", sagt Mo. „sie jagen wohl Fische dort im flachen Wasser."
Und tatsächlich, springen vor ihnen Fische aus dem Wasser, wobei die beiden so dicht unter der Oberfläche hin - und herjagen, daß sie einen langgezogenen Wasserbuckel über sich herziehen.
Wie Marko das Boot weiter auf den Strand zurudert, schauen Mo und Yasmin zu, wie ihre Gefährten umherjagen, mit einem Fisch zwischen den Zahnreihen über das Wasser rauschen, ihn schlucken und von Neuem die wilde Jagd beginnen.

Mahlend gleitet das Boot über Sand und kommt einige Schritte vor dem Strand zum Stehen. Sein Bug hat sich in das Delta gegraben, das ein kleiner Bach, bis dicht unter den Wasserspiegel, ins Meer gespült hat.
Er fließt unter den Bäumen des Wäldchens hervor, durch eine Rinne über den Strand. Mo kratzt sich verlegen am Hinterkopf.
„Ich hab wieder mal nicht aufgepaßt, und das Boot in den Sand gesetzt."
„Ist doch nicht schlimm!", meint Marko, „komm Yasmin, wir holen es frei."
Sie springen vom Boot und sinken im Sand bis zu den Knien ein.
„Yasmin, halte dich am Boot fest!", ruft Marko ihr zu. „Es ist Treibsand!"
„Ich versinke Mo, hilf mir!" ruft sie erschrocken. Mo eilt nach vorne, lehnt sich über den Bug, ergreift Yasmins Hand, zieht sie hoch und hilft ihr an Bord zu klettern.

Marko hat sich nicht mehr gerührt. Ruhig steht er im Wasser, das ihm, obwohl es nur knietief ist, bis an den Bauchnabel reicht. Er weiß, daß ihn jede Bewegung tiefer einsinken lassen würde. Er weiß aber auch, daß er sich ins Wasser legen und freischwimmen könnte. „Gib mir mal das Ruder, Mo!" Der reicht es ihm, worauf Marko das Ruderblatt neben sich in den weichen Sand senkt, bis es festen Grund erreicht. "Der Treibsand ist gar nicht so tief." bekundet er und bewegt sich, auf das Ruder gestützt, zum Boot. Vergeblich versucht er es nun vom Sand zu schieben. Erst als Mo das andere Ruder vom Bug aus gegen den Grund stemmt, beginnt sich das Boot aus dem Sand zu lösen. Nun klettert Marko an Bord und rudert auf das Ufer zu, wobei Mo das Boot so steuert, daß es neben dem Delta am Strand aufläuft.

„Endlich sind wir angekommen." bemerkt Mo, streckt seine Arme von sich, legt die Hände auf seine Brust, läßt sie mit einem Ausdruck des Widerwillens tastend an sich herabgleiten, schüttelt sich: „brbrbrbrbr - der Regen vorhin ist ja bis auf die Haut gegangen. Ist euch nicht auch kalt, naß wie ihr seid? Eure Lippen sind ja ganz blau!"
„Doch", Marko schüttelt sich. „Yasmin und ich können uns gleich warm laufen, und für dich machen wir dann ein Feuer an dem du dich wärmen kannst. Komm Yasmin, wir holen das Boot auf den Strand."

Während Mo am Heck ein Ruder gegen den Grund stemmt, ziehen die Kinder das Boot am Ankertau auf den Strand. Darauf geht Marko mit dem Anker zum Waldrand hoch, und hakt ihn hinter die Wurzeln eines Busches in den Boden ein. Dann entkleiden sich die Kinder, hängen ihre Sachen in den Busch und laufen über den Strand. Ihre Füße sinken ein, in den weichen Sand, und das Laufen strengt so an, daß sie sich bald warmgelaufen haben und zum Boot zurückkehren, von dem herab Mo sie fragt: „Habt ihr euch schon aufgewärmt?"
„Uns ist wieder warm", antworten die Kinder. „aber du frierst wohl noch in deinen nassen Sachen." meint Yasmin, und Marko: „Wir wollen schnell einen Lagerplatz suchen und für dich ein Feuer machen. Aus dem Wald höre ich es rauschen, wie von einem Wasserfall. Sollen wir uns da mal umsehen?"
„Ja", stimmt Mo ihm zu. „macht das. Ich suche derweil das Feuerzeug."

*

Die Kinder folgen dem Lauf des Baches in den Wald. Über den knorrigen Stämmen der alten Bäume, breitet sich ein dichtes Blätterdach. Durch niedriges Gras und über weiche Moosflächen gehen die Kinder dem plätschernden Rauschen entgegen, bis sich der Wald lichtet, und sie eine baumhohe Felswand erblicken, von der herab sich ein kleiner Wasserfall in einen Tümpel ergießt. Schachtelhalme, Farne und Moospolster säumen das Gewässer, und nach rechts hin erstreckt sich eine Grasfläche über eine Lichtung in den Wald hinein.

„Hier können wir erstmal bleiben", schlägt Marko vor. „findest du nicht auch?"
„Ja, hier ist es wirklich schön! Soll ich Mo holen? Du könntest dann Holz für das Feuer sammeln."
„Ja, geh Mo holen und vergiß das Feuerzeug nicht."

Yasmin eilt durch den Wald und hat den Strand bald erreicht. „Mo, wir haben einen Wasserfall entdeckt und einen Teich. Marko sammelt schon Feuerholz. Kommst du gleich mit?"
„So ein warmes Feuer wäre jetzt wirklich gut, beeilen wir uns! Nimm von den Fellen hier und laß uns gleich gehen."
Yasmin lädt sich eine Fellrolle auf die Schulter, Mo eine Art Seesack. Damit gehen sie den Strand hoch. Yasmin nimmt noch die nassen Kleidungsstücke aus dem Gebüsch und geht, Mo voraus, in den Wald.

Als sie die Lichtung erreichen, häuft Marko gerade einen Armvoll dürrer Äste, nahe dem Wasserfall, neben die Felswand.
„Da seid ihr ja schon!" ruft er ihnen entgegen. „Wollen wir das Feuer hier am Felsen machen?"
„Guter Platz!" meint Mo und Yasmin nickt zustimmend, wobei sie ihr Gepäck ins Gras legt. Mo kramt Stahl, Flint und Zunder aus seinem Sack und reicht es Marko. Der beginnt mit Yasmins "Pustehilfe" Feuer zu schlagen.
Als der Zunder erglüht, hält er ihn unter ein Häufchen krauser, dünner Birkenrinde und bläst ein Flämmchen an. Knisternd züngelt es in der Rinde aufwärts, wobei diese sich, in helldunklen Rauchfähnchen brutzelnd, zu kräuseln beginnt. Indem er nun dünne Aststückchen schräg über die Rinde legt, erklärt Marko: „Birkenrinde brennt auch, wenn sie naß ist, wie diese hier. Und wenn das Feuer erstmal richtig brennt, kann man auch feuchtes Holz auflegen. Wir brauchen aber noch viel mehr. Mo, willst du das Feuer weiter versorgen, wenn Yasmin und ich Holz holen?"

„Geht nur zu, Kinder. Ich hüte derweil das Feuer und wärme mich schon mal an."

Als die Kinder mit Ästen beladen zurückkehren, und diese neben das Feuer legen, sagt Marko zu Mo: „Jetzt kannst du dich auch ausziehen und mir deine Sachen zum Waschen geben."

Endlich zieht Mo seine salzig nassen Sachen aus und geht mit den Kindern zum Wasserfall. Als diese die Sachen im Teich waschen, stellt er sich unter das herab prasselnde Naß, hebt die Arme hoch, dem fallenden Sprudeln entgegen, tanzt lachend und prustend, bis er, sich schüttelnd, hervorkommt und behauptet: „So sauber gewaschen wie jetzt war ich wohl noch nie. Kinder – war das ein Spaß! Wollt ihr nicht auch mal?"

„Später", entgegnet Marko. „wir wollen erst noch mal zum Strand und nach unseren Freundinnen sehen. Die wissen ja noch nicht, daß wir jetzt hierbleiben wollen."

Vergnügt geht Mo mit den Kindern zum Feuer zurück, trocknet sich mit einem Handtuch ab und zieht ein grobleinenes Hemd an, das ihm fast bis an die Füße reicht. Yasmin und Marko hängen die Wäsche über Haselruten und machen sich auf den Weg.

Vom Strand aus überblicken sie das ruhige Wasser der Bucht. „Wo Sanftauge und Stimme wohl sind?" fragt Yasmin.

„Vielleicht im offenen Meer", meint Marko. „gehen wir mal hinter zur Einfahrt. Von da aus könnten wir sie sehen, wenn sie noch in der Nähe sind."

Sie eilen den Strand entlang, der an der Einfahrt endet. Dort klettern sie über das steinige Ufer, vorbei an dem großen Felsen der aussieht, als ob er über die Einfahrt wacht. Eine Weile schauen sie auf das bewegte Meer hinab. Dann rümpft Yasmin ihre Nase: „Wie sollen wir sie nur entdecken, in dem Wellengewühle dort?!" –

„Vielleicht entdecken sie ja uns; und wohl am ehesten, wenn wir im Wasser sind. Ich glaube, sie können unter Wasser weit sehen."

„Du willst doch nicht in die großen Wellen da unten?!"

„Warum denn nicht? Die sind wohl groß, aber nicht so wild, wie die weiter da draußen sind. Laß uns mal runter gehen. Du kannst ja am Ufer bleiben."

Aus der Nähe sieht es dann doch etwas anders aus. Die langen Wogen brechen sich am felsigen Ufer; donnernd aufgischtend und Fontänen sprühend mit unbändiger Gewalt, die jetzt auch Marko sehr beeindruckt. Yasmin sieht ihn besorgt und zweifelnd an: „Du willst doch nicht wirklich da hinein!?"

„Doch – schon. Hinein ist ja einfach. Man muß nur mit einem Sprung gleich weit genug vom Ufer weg sein. Nur zurück wäre gefährlich. Die Wellen würden einen gegen die Steine schleudern. Ich werde dann einfach durch die Einfahrt in die Bucht schwimmen."

Hohes Pfeifen. Die beiden schauen aufs Meer. Zwei schlanke Leiber kommen, über die Wogen schnellend, auf sie zu. Die Kinder rufen und winken und Marko sagt: „Nun können wir uns beide trauen. Wir springen zusammen, wenn die nächste Welle sich bricht. So, jetzt!"

Ohne zu wissen, wie ihr geschieht, springt Yasmin mit Marko kopfüber in das brausende Getöse der aufsteigenden Welle. Ihr gestreckter Körper gleitet in brodelnde Tiefe. Sie fühlt, wie kribbelnde Luftblasen ihren Körper umrieseln, wie ein Sog sie vorwärts zieht und, ihre Augen öffnend, sieht sie Marko vor sich schräg aufwärts schwimmen. Sie folgt ihm und taucht nach wenigen Schwimmzügen hinter ihm auf.
Auf sie zu rollt eine große Welle, mit schäumendem Kamm. Marko sieht sich nach Yasmin um: „Drunter durch tauchen!" ruft er ihr zu und schwimmt abwärts in die steigende Flut hinein.
Eine Gefahr ahnend taucht sie augenblicklich hinter ihm her. Es war kaum Zeit geblieben Luft zu holen. Ihre Lungen arbeiten, verlangen zu atmen. Sie kämpft sich aufwärts, taucht im Wellental neben Marko auf, und atmet tief ein und aus.
Auch Marko war die Luft knapp geworden. Stockend sagt er: „Die Welle hätte uns gegen das Ufer geworfen. Sieh mal, wie nah es noch ist!"
Yasmin wendet den Kopf. Vom Kamm ihrer Woge sieht sie die schäumende Welle gegen die Felsen branden. „Die sind ja direkt hinter uns!", sagt sie ängstlich.
„Laß uns schnell weiter raus schwimmen, eh der nächste Brecher kommt!" ruft Marko beschwörend.
Mit jedem Schwimmzug, der sie weiter vom Ufer fortträgt, fühlt Yasmin sich etwas mehr in Sicherheit. Sie beginnt es zu genießen, wie die Wogen sie sanft in die Höhe tragen, von der aus sie alles um sich her überschauen kann bis sie wieder in ein Tal sinkt und über dem auf sie zusteigenden Wasserhügel nur noch Himmel sieht.

Inzwischen hat sie Marko eingeholt und schwimmt dicht neben ihm. Von dem nächsten Wogenkamm aus, sehen sie noch eine leicht überrollende Welle auf sich zukommen. Wieder tauchen sie hinein. Als Yasmin das Rollen über sich hört, und voraus die Helligkeit der Oberfläche sieht, fühlt sie etwas an ihrem Leib, das sich über ihre Brust unter sie her bewegt. Dann einen Druck, der sie vorwärts und durch die Wasseroberfläche trägt. Unwillkürlich umklammert sie einen Körper, in dem sie, zu ihrer Überraschung und Freude, Stimme erkennt und, auf ihr reitend, weit über das Wasser hinweg durch die Luft getragen wird.

Dann klatscht sie auf, verliert ihren Halt. Salziges Wasser dringt ihr in Nase und Hals. Prustend, hustend blickt sie sich um. Von Sanftauge begleitet schwimmt Marko auf sie zu: „Wenn ich jetzt mit Sanftauge zur Bucht schwimme, wird Stimme uns wohl folgen. Halte dich dann an ihr fest!"

Stimme erscheint schwatzend an Sanftauges Seite. Yasmin hebt einen Arm und winkt ihr zu: „Kommst du zu mir? Ich möchte mit dir schwimmen, bitte!"

Sie hat kaum zu Ende gesprochen als ihre Freundin den Kopf leicht schwenkend, als überlege sie noch, auf sie zukommt, sich an ihre Seite lehnt und mit den Lippen ihren Hals berührt.

Es ist ein sanfter Druck. In Yasmin löst er einen Sturm der Gefühle aus. Von dem Augenblick an, als sie vom Ufer sprang, war alles in Bewegung. Alles änderte sich so schnell, daß sie gar nicht denken konnte − so als wäre sie nicht mehr sie selbst.

Es war unwirklich und wirklich zugleich, beängstigend und beglückend. Urgewalten ausgeliefert, war sie Gefangene von Angst und Hoffnung − und jetzt berührt ein Delphin mit seinen Lippen ihren Hals: „Ich bin bei dir!"

Zitternd und schluchzend umschlingt Yasmin Stimmes Hals, und legt ihr Gesicht an ihre Stirn. „Stimme", flüstert sie. „daß du gekommen bist!" schaut ihr ins Auge und sieht, daß ihre Freundin alles weiß.

Sanftauges Pfeifen, weckt die beiden aus ihren Gedanken. Stimme hebt ihren Kopf und pfeift zurück. Dann kommt Bewegung in sie. Yasmin hält sich an ihrer Rückenflosse fest und gleitet mit ihr auf die Einfahrt zur Bucht zu.

Schnell rauscht das Wasser an ihnen vorbei. Ein Wogental entlang gleiten sie, dann mit einer leichten Wendung über den Wogenkamm hinab durchs nächste Tal.

Wieder kommt ein Brecher auf sie zu. Doch eh er über sie hinweg rollt, taucht Stimme unter ihn hinein.

Yasmin schmiegt sich an ihren geschmeidigen Körper, mit dem sie wieder aus dem jenseitigen Wogenhang heraus durch die Luft schnellt. Als sie diesmal zurück ins Wasser gleiten, ist Yasmins Körper so eins mit Stimmes Gestalt, daß sie sich mühelos auf ihr halten kann.

Als erste erreicht Sanftauge mit Marko den Strand. "Sanftauge", sagt er zu ihr. "Yasmin und ich - wir gehen gleich an Land. Kommst du mit Stimme wieder, wenn es Nacht war? Begleitet ihr uns dann zu der großen Insel, zu der wir wollen?"
Mit einer schnellen Wendung ist Sanftauge entschwunden, taucht aber gleich wieder neben Yasmin und Stimme auf. Als sie bei Marko ankommen, streichelt Yasmin Stimmes Kopf, küßt sie auf die Stirn und sagt zu ihr: „Danke, daß du mich getragen hast. Es ist so schön, mit dir zu schwimmen. Kommst du mit Sanftauge morgen wieder?" Schwatzend wendet Stimme sich Sanftauge zu und schwimmt mit ihr in die Bucht hinaus.

*

Auch Mo hat den Lagerplatz verlassen. „Wie es da oben hinter der Felswand wohl aussieht", fragt er sich, und macht sich dorthin auf den Weg. Die steile Wand hochzuklettern ist unmöglich, also geht er unter ihr entlang in den Wald. Bald kommt er an einen Einschnitt im Felsen, in dem er hochsteigt. Er erreicht eine steinige Ebene, die sich von der Kante der Felswand zu jäh aufsteigenden Felsen erstreckt.
Während auf der Ebene nur wenige Pflanzen ihr karges Dasein fristen, gedeiht üppiges Grün an den feuchten Ufern des Baches, der von einer Quelle unter der Felswand gespeist, über die Ebene zu der Kante der Felswand fließt und sich von dort als Wasserfall in den Tümpel ergießt.
Bei der Quelle entdeckt Mo einige Himbeersträucher, aus denen ihm weiße Blüten und hellrote Beeren entgegen leuchten. Mo pflückt eine Beere und kostet sie. „Mmmm!", pflückt einige mehr und genießt auch sie. „Wenn ich nur einen Krug dabei hätte, oder einen Korb", denkt er und schaut suchend umher.
Dabei fällt sein Blick auf einige Schilfhalme nahe der Quelle. Er pflückt lange breite Blätter von den Halmen und flechtet sie zu einer Schale zusammen.

Dann sammelt er so viele Beeren in das dünnwandige Gefäß, daß es gerade noch nicht auseinanderfällt. Darauf geht er am Bach entlang zum Wasserfall. Bis an den Rand des Felsens heranzutreten traut er sich aber nicht. So nah am Bach ist das Gestein feucht und glitschig, und er könnte leicht ausrutschen und in die Tiefe stürzen. Deshalb legt er sich flach auf den Bauch und schiebt sich soweit vor, daß er hinunterschauen kann.

Neben ihm sprudelt der Bach über die Felskante und teilt sich in viele kleine Ströme, die rauschend in die Tiefe fallen, und platschend, stäubend in den Tümpel sinken.

„Es ist wie das Leben", denkt Mo. „wie mein eigenes Leben – dieses Wasser." Er schaut neben sich in den ruhigen Strom, der sich zum Sturz über den Felsen sammelt: „So wie ich, als ich das letzte Mal in meinem eigenen Bett erwachte und in den neuen Tag schaute, an dem ich mein Häuschen verlassen und auf die Reise gehen wollte. Ein verheißungsvoller Morgen vor dem Absprung in ein neues, abenteuerliches Leben.

„Der alte Mo beugt sich über das ruhig fließende Wasser, aus dem ihm sein eigenes Gesicht entgegensieht. „Ja, das Wasser und ich, sind irgendwie eins. Auch dieses Gewässer scheint irgendwie lebendig zu sein; und nicht nur, weil es sich so lebhaft bewegt. Es entsteht im Verborgenen, im Inneren der Felsen. So wie ich im Leib meiner Mutter entstanden bin. Und erblickt das Licht der Welt dort in dem Quell, so wie ich einst aus meiner Mutter kam. Dann fließt es an den Pflanzen vorbei und spendet ihnen Leben."

Mo schaut wieder dem hinabstürzenden Wasser nach, und dem Bach, wie er aus dem Teich dahinfließt, unter das Blätterdach des Waldes.

„So wie das Wasser hinabstürzt, bis es im Teich zur Ruhe kommt, fühlt sich die Reise übers Meer an; wild, bewegt und abenteuerlich, bis wir den sicheren Hafen der großen Insel erreichen. Wie dann die Reise weitergeht, verbirgt das Grün des Waldes, und am Ende empfängt den Bach das unendliche Meer."

*

"Mo, wir sind zurück. Wo bist du?" hört er die Stimmen der Kinder vom Waldrand her.

„Hier oben über dem Wasserfall!" ruft er zurück, und sieht die Kinder unter den Bäumen hervorkommen, und auf den Teich zugehen. „Was machst du denn da oben?" ruft Marko ihm zu, und Yasmin: „Fall da bloß nicht runter, Mo!"

„Habt nur keine Angst, ich paß schon auf. Habe mich hier mal umgesehen und komme gleich runter zu euch."

Yasmin greift sich in ihre zerzaust herabhängenden Haare und sagt: „Die sind ganz klebrig vom Salzwasser. Wir waren mit Stimme und Sanftauge im Meer und wollen uns das Salz abwaschen und sind schrecklich hungrig. Du nicht auch?"

„Doch, und ich hab auch leckeren Nachtisch für uns!"

Während Mo das zerbrechliche Geflecht mit den Himbeeren vorsichtig vom Boden hebt, und auf den Abstieg in der Felswand zugeht, stellen sich die Kinder unter den Wasserfall. Die erhobenen Arme dem fallenden Strömen entgegengestreckt, springen auch sie unter ihm umher. „Brrrr - ist das schön aber kalt", sagt Yasmin sich schüttelnd. „Ich bin auch schon abgespült genug", meint Marko, springt aus dem Fall heraus und läuft in großen Sprüngen zum Lagerplatz. Bibbernd nimmt er das Handtuch von der Haselrute über dem Feuer, trocknet sich flüchtig ab, wirft es Yasmin, die gerade kommt, zu, hängt sich ein Schaffell über und kauert sich ans Feuer. Nachdem sich Yasmin auch abgetrocknet hat, hängt sie das Handtuch zurück über die Rute, hüllt sich ebenfalls in ein Fell, hockt sich neben Marko und schaut in die Flammen.

„Na Kinder", hören sie Mos Stimme vom Wald her sich nähern. „ihr seid wohl wieder durchgefroren?" und, indem er auf sie zu geht: „Das hier, ist unser Nachtisch, was sagt ihr nun!"

„Die sehen aber lecker aus", sagt Yasmin, und Marko, sich aufrichtend: „Wollen wir nicht gleich etwas essen?!"

„Bleibt nur sitzen und wärmt euch erst mal auf. Ich hol eben noch Wasser."

Die Kinder hocken mit knurrendem Magen am Feuer als Mo vom Wasserfall zurückkehrt, ein Handtuch über den Waldboden breitet, den Wasserkrug, den Himbeerkorb, Brot, Käse, den Schmalztopf und das Brotmesser darauf verteilt und sich davor auf ein Fell setzt. Daraufhin lassen sich auch die Kinder neben Mo auf den Fellen nieder. Marko greift zum Messer und schneidet einige Scheiben Brot ab.

„Wer möchte Schmalz aufs Brot?"

„Ich." läßt Mo sich gleich hören. „Ich auch." fügt Yasmin hinzu und bald hat jeder sein Schmalzbrot in der Hand. Still genießen die drei ihr Mahl und lauschen dem Rauschen des Wasserfalls und dem Knistern des Feuers.

Zum Nachtisch rückt Mo die Himbeerschale vor die Kinder, nimmt sich eine Beere und sagt: „Die sind für euch, ich habe beim Pflücken schon so viele genascht."

Bald ist die Schale geleert. Yasmin sieht zum Wasserfall rüber. „Seht euch mal das Wasser an, es glitzert in der Sonne!"

„Das hätte ich nicht gedacht", freut sich Mo. „das Wetter scheint schon weitergezogen zu sein. Wollen wir mal auf den Berg und Ausschau halten?"

„Oh ja!" Yasmin ist begeistert, läßt im Aufstehen das Fell von ihren Schultern gleiten, geht zum Feuer und befühlt die auf den Ruten hängende Wäsche. „Mein Kleid ist schon ziemlich trocken und eure Sachen auch." stellt sie zufrieden fest, und zieht sich ihr Kleid über. Darauf legen auch Marko und Mo Fell und Hemd ab, und ziehen sich an.

„Iiiii!" läßt Markos Stimme sich hören und „Ähhhh!" quäkt Mo. „zwischen den Beinen ist die Hose ja noch naß!"

„Stellt euch doch nicht so an", lacht Yasmin. „das wird schon noch trocken."

„Doch", entgegnet Mo. „ich stelle mich an. Ich will mir nicht die Blase erkälten." Und, indem er seine Hose wieder auszieht und über das Feuer hängt, zu Marko: „Zieh du deine Hose besser auch aus."

„Ist mir auch lieber." und, als er seine Hose zurückhängt: „wollen wir da hinauf, wo du vorhin warst?"

„Ja Junge. Kommt, laßt uns gehen!"

Den Kindern fällt es noch leichter als Mo, den Einschnitt hochzusteigen. Oben führt er sie zu der Quelle. Sie besteht aus einem Wasserbecken, von dessen steinigem Grund grasartige Wasserpflanzen hochwachsen, die, wie von einem Wind bewegt, unruhig hin- und her wedeln.

Die Kinder beugen sich über das kristallklare Wasser und sehen hinab auf den Grund.

„Wo das Wasser wohl herkommt?" wundert sich Yasmin. Nun schaut auch Mo hinab: „Da muß irgendwo ein Loch sein, oder mehrere Öffnungen im Fels; aber ich kann auch keines sehen."

Still schauen die drei zu den wedelnden Pflanzen hinab. Es ist, als winkten sie ihnen zu. Yasmin merkt nicht, daß sie sich dem Wasser immer tiefer zuneigt, bis ihre Nase eintaucht. Ihr ist, als habe sie einen Augenblick geträumt. „Mich hat etwas gerufen, von da unten." flüstert sie, wie zu sich selbst, und sich aufrichtend: „Habt ihr es auch gehört?"

„Nein", antwortet Marko, der noch immer auf die wehenden Pflanzen schaut. „ich hab nur was gesehen. Kleine Lichtgestalten, die schwerelos umeinander schwebten und sich schöne Geschichten erzählten. Ich habe sie nicht gehört, aber ihre Lippen bewegten sich so, und ihre Augen strahlten Freude aus."

Yasmin sieht ihn fragend an: „Ist das wahr, hast du sie wirklich gesehen?"

„Es ist wahr, aber ob sie wirklich waren? Mir ist fast, als habe ich geträumt. Sie waren dann ja auch plötzlich nicht mehr da, als du geredet hast. Als ob sie sich vor Menschenstimmen fürchteten."

Mo hat schweigend zugehört. Jetzt sieht er die Kinder an: „Ich habe helle Wölkchen in einem blauen Himmel gesehen, dort unten, und einen schwebenden Vogel, der mich rief. Er sah aus wie mein Freund der Rabe früher. Ich glaube, er weiß, daß ich bald zu ihm komme. Oder haben wir alle uns das nur eingebildet, was wir gehört und gesehen haben?"

Yasmin sieht Mo verträumt an: „Irgend etwas hat mich doch aber gerufen, etwas, wonach ich mich sehne. Und wenn es nun dein Freund der Rabe war, der auch auf mich wartet? Und Markos Lichtgestalten - haben die vielleicht von unserer Reise nach Schwanenhals erzählt, von einer glücklichen Reise?"

„Ja, so sahen sie aus", entsinnt sich Marko. „wie kleine glückliche Feen, die uns beschützen wollen, daß uns kein Unglück widerfährt auf unserer Reise nach Schwanenhals."

Kopfschüttelnd schaut Mo in das helle Wasser: „Was hat dieser Quell nur mit uns gemacht! Was auch immer, er war es, der uns so geheimnisvolles erleben ließ, und ich glaube, daß er uns alle irgendwie mag."

Yasmin senkt ihr Gesicht, fühlt das kühle Naß an ihrer Nase und ihren Lippen, und kostet den Quell. Den Mund voll Wasser, kommt sie wieder hoch, schluckt bedächtig und sagt: „Es schmeckt ganz anders als unten am Fall. Es schmeckt ... so ... wie ... wie ein heller Sternenhimmel." Vorsichtig tauchen nun auch Marko und Mo ihr Gesicht in den Quell und kosten sein Wasser. Marko schließt die Augen und meint. „Wie Lichtwesen in einer Sternennacht." und Mo: „Wie silbriges Klingen, das von fernen Sternen kommt."

Der Schrei einer Möwe läßt Mo aufschauen: „Kommt, Kinder, wir wollen noch auf den Berg hinauf!" und führt sie an den Himbeerbüschen vorbei, die sich am Fuße des Steilhanges hinziehen.

Zum Meer hin ragen unüberschaubar viele Klippen zwischen Bäumen und Büschen auf – vor ihnen, der Inselberg.

Bedächtig steigen sie seinen steinigen Hang bergan. Wärmend scheint die Nachmittagssonne auf sie herab. Angenehm kühlend umweht sie ein leichter Wind.
Dennoch ist Mo ins schwitzen gekommen, als Yasmin und Marko ihm eine Strecke vorausgeklettert sind.
„Wartet, Kinder!" ruft er ihnen nach. „Ich komme ja ganz aus der Puste. Wollen wir nicht eine kleine Pause machen?"
„Laß dir nur Zeit!" ruft Yasmin ihm zu und sieht sich nach einem Platz zum rasten um. Ihr Blick fällt auf eine mit moosigen Flechten bedeckte Steinstufe. Auf die setzt sie sich hin, läßt die Beine baumeln und ruft Mo zu: „Habe einen guten Sitzplatz gefunden, hier kannst du dich ausruhen!" Während Yasmin übers Meer schaut, und am Horizont einen dunklen Streifen entdeckt, geht Marko Mo entgegen.
Als sie bei Yasmin ankommen und sich zu ihr setzen, weist sie mit ausgestrecktem Arm auf den Streifen am Horizont: „Ob das wohl unsere Insel ist?"
„Gewiß", sagt Mo. „und all die anderen. Von hier aus sind sie noch nicht zu unterscheiden. Aber ganz am Ende, zum Meer hin, das muß Schwanenhals sein."
„Ob Schwanenhals wohl auch noch so weit weg ist?"
„Das wüßte ich auch gern. Vom Gipfel aus, werden wir sie wohl sehen. Ihr könnt ja vorausgehen. Der alte Mo ist ja recht langsam geworden."
„Wir haben doch keine Eile", versichert Marko ihm. „wenn du dich ausgeruht hast, gehen wir zusammen weiter."

Vom Gipfel aus überschauen sie die Insel unter sich und das Meer. Sogar ihre ferne Insel können sie, von hier oben, von den umliegenden Inseln gut unterscheiden. Gen Osten erscheint das Festland als welliger Streifen unter dem Horizont, und im Süden erblicken sie, gar nicht so weit entfernt, eine Insel, so groß, daß sich ihr jenseitiges Ende im Dunst der Ferne verliert.

„Das ist ja Schwanenhals!" ruft Yasmin begeistert aus. „Und so nah! Ich kann die Bucht sehen, mit der Landzunge, genau wie du erzählt hast, Mo!"
„Es ist wirklich Schwanenhals!" ruft Mo mit strahlendem Gesicht. „Und ganz bald werden wir in die Bucht dort segeln, und bei dem Dorf landen, in dem Freunde leben. Und mein Freund, der Rabe, ob er wohl wirklich da auf mich wartet? ganz wirklich?!"

Am späten Nachmittag kehren Mo und die Kinder zum Lagerplatz zurück. Von der felsigen Ebene oberhalb des Wasserfalls schauen sie über das Wäldchen und die Bucht aufs Meer. Das nur noch leicht bewegte Wasser und das Laubdach des Wäldchens leuchten im Licht der tiefstehenden Sonne.

Gemächlich steigen sie durch den Einschnitt in der Felswand hinab in kühle Waldluft, die nach Moos und Kräutern duftet. Dann erreichen sie das Lager. Endlich nehmen Marko und Mo ihre trockene Kleidung von den Haselruten, und ziehen sie an. Yasmin hockt sich vor das niedergebrannte Feuer, und stochert mit einem Stock in der Asche.

„Da ist ja noch Glut", ruft sie den beiden zu. „wollen wir nicht wieder Kartoffeln rösten?" Marko nickt zustimmend und Mo meint: „Kartoffeln sind noch im Boot. Wenn du sie holst, können Marko und ich derweil das Feuer schüren."

*

Als Yasmin so allein durch den Wald geht, überkommt sie wieder ein Hauch von Traurigkeit. Sie denkt daran, daß sie auch diese Insel bald wieder verlassen werden. Markos Insel hatte sie schon ganz vergessen. Dort war es ganz anders als hier: die Höhle, die große Kiefer, der stille Tümpel, die Bucht, in der sie schwimmen gelernt hatte.

Und hier: der Wald, durch den sie gerade auf den Strand zugeht, die Quelle, Bach und Wasserfall, der hohe Felsenberg, die weite, mit Klippen umfriedete Bucht und das Lager am Feuer. Das alles ist ihr so vertraut und lieb geworden, daß sie die Vorstellung, diesen Ort morgen schon wieder zu verlassen, melancholisch stimmt. Sie fühlt sich heimatlos, und sehnt sich nach einem Zuhause, das sie nicht wieder zurücklassen muß. Ihre Gedanken begleiten sie zum Feuer, an dem Mo und Marko auf sie warten, zurück.

Marko bearbeitet einen Haselstock mit dem Brotmesser und schaut den Spänen nach wie sie, sich von der Klinge lösend, in die Flammen fliegen. Auf einem über die Felle gebreiteten Handtuch, steht der mit Wasser gefüllte Krug neben dem Schmalztopf und dem Mörser mit Salz.

Yasmin kniet sich neben Mo ans Feuer und öffnet die Hand, die den Saum ihres Kleides hochgerafft hielt. Sogleich kullern Kartoffeln aus ihrem Kleid hervor und rollen auf das Feuer zu.

Yasmin lächelt die beiden an: „Ihr habt ja den Tisch schon gedeckt. Seid ihr auch so hungrig?"

Mo betrachtet die Kartoffeln: „Wenn die doch schon gar wären!" Mit seinem Haselstock schiebt Marko sie unter die Glut. Wieder fliegen Späne in die Flammen. Dann schneidet Marko eine Kerbe um das Holz, bricht ein Stück ab und betrachtet den „Löffel" – „Na ja", meint er, „es sieht wohl eher wie ein Messer aus, aber irgendwie wird es wohl schon zu gebrauchen sein."

Während Marko weiterschnitzt, schauen Yasmin und Mo in die Flammen. Ohne den Blick abzuwenden, sagt Yasmin: „Wir sind eben erst auf dieser Insel angekommen, und ich mag schon gar nicht mehr weg, weil es hier so schön ist."

Sie sieht die beiden fragend an: „Würdet ihr nicht auch am liebsten hierbleiben?"

Mo schmunzelt: „Wer wollte denn heute morgen erst, so gerne auf Markos Insel bleiben? Allerdings hat da noch keiner von uns geahnt, daß wir dieses Eiland entdecken würden. Und das haben wir nur den rosa Federwölkchen zu verdanken, die ein Unwetter angekündigt haben, das uns fast zum Verhängnis geworden wäre.

Ja, hier ist es wirklich so schön, daß es auch mir schwer fällt, morgen schon weiter zu segeln. Trotzdem freue ich mich auf Schwanenhals."

„Ich doch auch, Mo. Und wenn dein Freund, der Rabe, wirklich dort auf dich wartet, ist das noch viel schöner als die schönste Insel. Aber den verwunschenen Quell dort oben, und den Bach und den Wasserfall werde ich sehr vermissen."

Mo schaut nachdenklich in die Flammen: „Ich doch auch, Kind. Auch wenn es auf Schwanenhals einen Wasserfall gibt, der viel größer ist als dieser hier und einen großen See, ist dieser Ort hier einzig auf der Welt. Kein anderer, noch so schöner Ort, ist wie er … und so ist es auch mit Schwanenhals."

Yasmins Blick gleitet über die Felswand, auf der die aufwärts kriechenden Schatten der Bäume den goldigen Widerschein der sinkenden Sonne langsam auslöschen, hin zu dem Fall, dessen Wasser glitzernd über die Felskante sprudeln und als graue Schleier herabsinken. Ihr ist, als zögen die sinkenden Schleier sie mit sich auf die Tiefe zu – dann, als trügen sie sie aufwärts zu dem leuchtenden Sprudeln, auf dem kleine Lichtgestalten zu tanzen scheinen. Sie schaut, und schaut, und sagt: „Marko, Mo, seht mal, dort oben tanzen kleine Wesen auf dem Fall!"

Beide schauen eine Weile hoch, dann meint Marko: „Ich kann sie nicht sehen."

„Ich auch nicht", sagt Mo zweifelnd. „wie sehen sie denn aus?"

„Ich seh sie auch nicht mehr. Ich glaub, sie fürchten sich vor unseren Stimmen, so wie vorhin die Lichtwesen im Quell. Sie sind einfach nicht mehr da. Ob sie vielleicht wiederkommen, wenn wir ganz still sind?"

Mo sieht den Fall hoch, als suche er dort nach einer Antwort. Dabei verliert sich das leuchtende Sprudeln in dem aufsteigenden Schatten der Bäume, der sich über die Felswand legt.

Yasmin sieht Mo und Marko nachdenklich an: „Vielleicht waren es die Lichtwesen oder Elfen aus dem Quell. Sie sahen so leicht und fröhlich aus, als ob sie uns grüßten."

Mo nickt: „Es kommt wohl nur ganz selten vor, daß ein Mensch Elfen sieht. Ich glaube, sie zeigen sich nur Menschen, die sie sehr mögen."

Gedankenverloren betrachtet Yasmin den Wasserfall: „Ob die Elfenwesen wohl in dem Quell da oben zu Hause sind, und in dem Tümpel und Bach bis runter zur Bucht? Oder schwimmen sie vielleicht auch ins Meer hinaus?"

„Wir können sie ja nicht danach fragen", überlegt Mo. „aber vielleicht können wir ihre Gedanken erfühlen, wenn wir sie sehen."

Marko flüstert, als ob es ein Geheimnis wäre: „Als ich sie im Quell tanzen sah, war es, als liebten sie diesen Ort; als wären sie so glücklich dort, daß sie sich nie weit entfernen würden."

Ebenso leise fügt Yasmin hinzu: „Die haben es gut, dürfen bleiben, wo sie gerne sind."

„Dürfen wir doch auch, wenn wir erst in Schwanenhals sind", versucht Mo sie zu trösten.

Marko trennt den dritten Löffel von seinem Stock, und angelt mit ihm eine verbrannt aussehende Kartoffel aus der Asche. „Die ist wohl schon mehr als gar", vermutet er, indem er ihre Kruste mit einem der Löffel einschneidet und sie auseinanderbricht. Ihr dampfendes Inneres ist von einer dicken, dunklen Kruste umhüllt. „Tatsächlich!", wundert er sich. „die ist schon halb verbrannt." Schnell holt er alle Kartoffeln, die gar aussehen, aus der Asche.

Zum Abendmahl senkt sich die Nacht über die Insel. Nur der Gipfel des Inselberges leuchtet noch in den letzten Strahlen der untergehenden Sonne, eh auch er, als dunkler Fels in den Abendhimmel ragt. Zaghaft blinzeln die ersten Sterne aus dem sich unmerklich verdunkelnden Nachtblau des Himmels.

Andächtig erleben Mo und die Kinder die stille Verwandlung dieser Welt. Marko betrachtet den Mond, auf dessen silbriges Halbrund eine kleine Wolke zuschwebt. Ihr Rand erhellt sich milchig-rot-grün-bläulich. Sachte gleitet sie über sein Leuchten, das verblasst, bis sie es ganz verdeckt. Nur durch ihre Ränder sickert noch mattes Licht, das sich bald, zu ihrem Ende hin, wieder erhellt, und sie wie ein flüchtiger Vorhang über ihn hinwegschwebt, bis er wieder in seinem vollen Licht erstrahlt.

„Dieser Mond, und diese Sterne, leuchteten über uns, als wir aus unserer Höhle in die Nacht gingen und unsere Habe zum Boot trugen", sagt Marko wie zu sich selbst. „und eben dieser Mond und diese Sterne sind wieder über uns, und schauen herab auf eine ganz andere Welt ..."

Yasmin betrachtet nachdenklich die kleiner werdenden Flammen des Feuers und meint: „Wenn wir Markos Insel nicht verlassen hätten, wären wir auch nicht hier. Jetzt verstehe ich endlich, Mo, was du damit gemeint hast, daß es ohne das Sterben kein neues Leben gibt. Als sich Markos Insel langsam entfernte, war es wie ein kleines Sterben. Nun sind wir hier in diesem Elfenland, und es ist so wunderschön hier zu sein."

„Wie es wohl morgen ist, wenn es wieder Nacht wird?" fragt Mo nachdenklich. Er legt seinen Kopf zurück, schaut in den Nachthimmel und schmunzelt: „Das steht wohl noch in den Sternen. Eines aber weiß ich, wir werden auch morgen wieder viel erleben. Und wie mir die Sterne da so zuzwinkern, wird morgen den ganzen Tag die Sonne scheinen. Und jetzt, Kinder, leg ich mich schlafen. Seid ihr nicht auch schon müde?"

„Ein bißchen nur", glaubt Yasmin.

„Ich noch nicht ganz", gähnt Marko, steht auf, streckt die Arme von sich und meint: „endlich einmal unter freiem Himmel schlafen."

„Oh ja!" Yasmin ist begeistert. „Hab ich noch nie gemacht. Wie das wohl ist?"

Mo nimmt das Handtuch mit den Überbleibseln des Abendessens von den Fellen. Die Kinder legen die Felldecken über die Felle, ziehen sich aus und krabbeln drunter. Mo deckt sich mit einem behaglichen Seufzer zu, und schaut in den sternefunkelnden Himmel. Auch die Kinder haben sich auf den Rücken gelegt, und betrachten die stille Sternenwelt. Es ist, als wachte sie über eine friedlich schlafende Erde. Aus der Stille der Nacht hören sie das nahe Rauschen des Wasserfalls und den einsamen Ruf eines Nachtvogels. Das Feuer ist eingeschlafen. Nur manchmal noch, züngelt eine kleine Flamme aus der Glut.

Jäh fällt ein Stern, mit hell aufleuchtendem Schweif, über den Himmel in dem er als flüchtige Erscheinung verglüht.

„Oh", flüstert Yasmin. „wir dürfen uns was wünschen!"
Und Marko: „Ja, und wir dürfen nicht verraten was, aber ich glaube, wir haben uns alle das gleiche gewünscht."
„Das denke ich auch", sagt Mo. „gute Nacht Kinder, schlaft gut."
„Gute Nacht, Mo." Dann rauscht nur noch der Wasserfall in die Stille der Nacht.

*

Wie angewurzelt steht Yasmin auf der Dorfstraße am Hafen. Sie möchte so gerne über die Kaimauer hinabklettern zum Strand. Dort würde sie keiner sehen, und sie könnte endlich pinkeln, es ist ja so dringend!
Doch so viele Augen, hinter den Fenstern, halten sie auf die Straße gebannt. In einer Geste der Hilflosigkeit senkt sie ihr Gesicht, schließt die Augen und läßt ihre Arme herabhängen. Eine Hand taucht in kaltes Wasser … mitten auf der Straße! Verwirrt versucht sie es abzuschütteln. Doch ihre Hand taucht nun noch tiefer in das unangenehme Naß. Trotzig hebt sie ihr Gesicht, öffnet die Augen, blickt um sich … „Ich habe geträumt." denkt sie, und zieht ihre Hand aus dem taufeuchten Gras neben sich.
„Das war knapp!" sie richtet sich auf. „Fast hätte ich ins Bett gemacht!" geht einige Schritte auf den Wald zu und pinkelt, noch nicht ganz in der Hocke, ins Gras.
„Huch", haucht sie in das schier endlose Rauschen, das in dem des Wasserfalls fast untergeht, „es tut ja so gut!"

Taufeuchtes Gras benetzt ihre Füße. Die Morgenluft streift kühl über ihren bloßen Körper. „Schnell in die warmen Felle kuscheln!" Doch plötzlich fühlt sie sich so leicht, fast als könnte sie fliegen. Ihr ist, als ob dieser frühe Morgen ihr ganz allein gehört. Ihr Kleid liegt neben dem Lager im Gras. Es fühlt sich klamm an. Sie zieht es trotzdem über und blickt in einen tiefblauen Himmel.
Die Lichtung liegt noch im Schatten des Berges. Eine Möwe fliegt auf ihn zu. Ihre Schwingen leuchten goldig auf, als sie über die Lichtung schwebt. Am liebsten würde Yasmin jetzt mit ihr fliegen.

Sie geht zu dem Aufstieg in der Felswand und klettert auf das Plateau. Vor ihr der Berg. Sie geht auf ihn zu und beginnt hinaufzusteigen. Als sie einen Höhenzug übersteigt, weitet sich unter ihr das Meer bis zu dem fernen Land, über dem die Morgensonne leuchtet. In weiter Ferne schimmert die Ostseite der Insel Schwanenhals in ihrem Licht, indes das übrige Land noch im Dunkel liegt.

„Halb ist sie schon erwacht, halb schläft sie noch", denkt Yasmin. „wie unser Eiland auch."

Sie schaut auf die Lichtung hinab. „Ich bin aus der Nacht in den neuen Tag gekommen."

Sie wendet sich der Sonne wieder zu. „Es ist, wie zwischen zwei Welten. Und die Welt vor mir ist so unwirklich und weit, daß ich am liebsten in sie hineinfliegen möchte!" Mit diesem Gefühl zieht Yasmin das Kleid über ihren Kopf, läßt es neben sich auf den Boden fallen und streckt ihre Arme der Sonne entgegen, deren Licht und Wärme sie jetzt auf ihrem ganzen Körper fühlt.

Sie schließt die Augen, legt den Kopf zurück, schwingt die Arme, dann ihren ganzen Körper, und fühlt wie sie die große Weite, bis hin zur Sonne, berührt.

„Ich fliege ja!" singt sie begeistert. „Ich fliege in einen neuen Tag hinein!" Sie fühlt sich beschwingt und unternehmungslustig, schaut hinab auf die Lichtung, dann auf Schwanenhals, und fühlt sich fast schon auf der Reise dorthin. „Ich bin ja gar nicht mehr traurig, daß wir das Eiland wieder verlassen. Ist es die Sonne, in deren Licht alles so verheißungsvoll erstrahlt? Oder haben mich die Elfen verzaubert, so, daß ich mich nur noch freuen kann?"

*

Auch Marko weckt ein dringendes Bedürfnis aus dem Schlaf. Als er sich aus den Fellen hervorwühlt, bemerkt er nur Mo neben sich, der auch gerade aufwachen will.

„Guten Morgen, Mo!" gähnt er, indem er aufsteht, auf den Wald zugeht und sich vor einen Baum stellt, den er ausgiebig begießt.

„Guten Morgen, Junge!" läßt sich nun auch Mos schläfrige Stimme hören. Und sich umschauend fragt er: „Wo ist Yasmin denn geblieben?"

„Weiß ich auch nicht", antwortet Marko, und zieht sich Hemd und Hose an. „Ich geh mal Himbeeren pflücken, vielleicht ist sie ja da oben am Quell."

„Tu das nur, Junge, ich kümmere mich derweil um das Frühstück."

Marko nimmt den Wasserkrug und macht sich auf den Weg. Als er das Plateau erreicht, schaut er auf den Inselberg. Von seinem Gipfel aus, fällt die Südwand steil ab, bis zu einem Grad, der einen Vorsprung bildet über dem die Sonne gerade aufzugehen scheint. Ihr Licht flutet zu ihm herab über den felsigen Abhang vor ihm, der noch im Schatten liegt. Als er von dort Yasmins Stimme hört, beschattet er seine Augen mit einer Hand, und sieht wie Yasmin, über Geröll und Steine springend, auf ihn zuläuft.

„Yasmin!" ruft er ihr zu. „Lauf nicht so, du brichst dir noch die Beine!"

Doch Yasmin springt weiter, von Stein zu Stein, bis sie sich lachend in seine ausgebreiteten Arme wirft. Dann wendet sie sich dem Berg zu: „Von da oben, wo die Sonne scheint, habe ich das Meer, und das ferne Land, und Schwanenhals, und den neuen Tag gesehen. Jetzt freue ich mich so auf unsere Reise über das Meer, und bin nicht einmal mehr traurig, daß wir dieses Eiland wieder verlassen."

„Ich schon noch ein bißchen. Aber ich bin auch gespannt darauf, was wir noch alles erleben werden. Jetzt geh ich Himbeeren pflücken hinter dem Quell, kommst du mit?!"

Mo sitzt vor dem „gedeckten Tisch" auf einem der Felle, die er um ihn herum verteilt hat, als die Kinder zurückkommen. Auf dem „Tischhandtuch" liegen Brotscheiben neben der Tonschale mit Ziegenquark und den drei Holzlöffeln.

„Ooooooh", staunt Mo, als Marko den Krug auf das Handtuch leert, und sich ein Berg Himbeeren neben der Quarkschale häuft. Yasmin hat sich neben Mo auf ein Fell gesetzt. Marko füllt den Krug noch mit Wasser, eh auch er sich neben Yasmin niederläßt.

„Das ist der letzte Quark von meiner Ziege." bemerkt Mo, und nimmt sich davon. „Ob sie wohl gerne bei Großmutter ist?"

„Bestimmt!" versichert Marko. „und Großmutter ist nicht mehr so allein. Wenn sie nur wüßte, wie glücklich wir hier sind!"

„Vielleicht", überlegt Yasmin, zerkaut ihren Happen zuende, ehe sie ihn runterschluckt, „vielleicht kann sie sich schon denken, daß wir alle zusammen irgendwo glücklich sind." und Mo anschauend: „Sie weiß doch, daß du nie allein auf Reisen gehen würdest, und daß wir Freunde sind."

„Das glaube ich auch", stimmt Marko ihr zu, „aber sie wird dennoch sehr einsam sein."

Als Mo sich eine letzte Himbeere in den Mund steckt, blickt er in den blauen Himmel auf, und sagt: „Wir sollten uns bald auf den Weg machen. Mit etwas Glück und günstigem Wind können wir vielleicht noch vor der Mittagshitze in Schwanenhals an Land gehen, wenn wir bald in See stechen.

Es dauert nicht lange, bis das Boot beladen und startklar ist. Marko wartet bis Yasmin und Mo eingestiegen sind, schiebt den Bug vom Sand und klettert an Bord. Eine kaum spürbare Briese streicht über das ruhige Wasser.
Marko setzt sich auf seine Bank und zieht nur ein Ruderblatt durch das Wasser, bis sich das Boot so weit gedreht hat, daß sein Bug auf die Durchfahrt gerichtet ist. Dann beginnt er, auf sie zu zu rudern.
Als sie die Durchfahrt passieren, öffnet sich vor ihnen das Meer. Nun steuert Mo das Boot auf einen westlichen Kurs, längs der Felsen, die die Bucht umschließen. Inzwischen haben sie die Bucht halb umrundet, und aus dem anfangs leichten Gegenwind ist ein guter Rückenwind geworden.

„Wir können jetzt das Segel setzen!", ruft Mo Marko zu, der die Ruder gleich ins Boot holt und das Segel zu hissen beginnt. Halb hochgehievt bläht es sich, und schwenkt den Baum über die Reling zum Bug hin. Dabei entsteht ein Zug, gegen den Marko die Gaffel nicht weiter hochziehen kann. Sogleich wendet Mo das Boot mit einem weiten Ruderausschlag, bis das Segel nur noch schlaff flattert, und Marko es hissen kann. Darauf holt er den Baum zurück und macht ihn fest.
Als Mo das Boot auf Kurs bringt, fängt das sich blähende Segel den Wind wieder ein, und läßt das kleine Gefährt gemächlich durch die Wogen gleiten. Die Felsen um die Bucht weichen zurück und geben die Sicht gen Süden und auf Schwanenhals frei.
Sich sanft hebend und senkend teilt der Bug die Wogen, wobei leises Gurgeln und Glucksen in die Stille klingt, über der, von weither die Schreie von Möwen schweben.
Die Vögel kreisen über einer Stelle, an der sie jäh auf das Wasser hinabstürzen und wieder auffliegen, um erneut auf die Wellen zu zu jagen.
„Was die da wohl machen?" fragt Yasmin, ohne eine Antwort zu erwarten. Doch Mo und Marko ist dieses Verhalten der Möwen wohlbekannt.

„Dort wird ein Schwarm kleiner Fische sein, der von einem großen Fisch gejagt wird." erklärt ihr Mo. „Dabei versuchen die kleinen Fische dem hungrigen Maul des großen Fisches durch einen Sprung aus dem Wasser zu entkommen und werden dort von den Möwen empfangen."

„Und wenn es gar kein großer Fisch ist, der da jagt", fügt Marko hoffnungsvoll hinzu, „wenn es Delphine sind, vielleicht sogar Sanftauge und Stimme!"

Und tatsächlich leuchten jetzt zwei schlanke Leiber, nur einen Augenblick, über dem Wasser auf. Und nun noch mal und verharren als glitzernde Zeichen eine ganze Weile, eh sie wieder versinken.

„Sie haben uns gesehen!" ruft Yasmin begeistert. „sie sind es!"

„Du konntest sie doch nicht wirklich erkennen?" fragt Mo ungläubig. „Von so weit weg!?"

„Doch, nicht richtig, aber irgendwie doch. Sie werden bestimmt bald zu uns kommen!"

*

Nachdem Sanftauge und Stimme die Kinder gestern in die Bucht gebracht hatten, schwammen sie ins Meer zurück. Als sie sich dann, auf dem Weg zu ihren Gefährten, von dem Eiland entfernten, wußten sie bald nicht mehr, wohin sie eigentlich wollten.

Zwischen dem Bedürfnis, zu ihren Gefährten zurückzufinden, und einer Sehnsucht nach Mo und den Kindern hin- und herfühlend, begannen sie ziellos umher zu schwimmen.

Dabei näherten sie sich dem Eiland wieder und begannen es zu umkreisen. Wenn sie auftauchten, erblickten sie die felsigen Hänge der Insel. In ihrer Unterwasserwelt schwebten sie über den hellen Sand einer weiten Schlucht.

Sie fühlten sich wie zwischen zwei Welten – wie zwischen gestern und morgen – und in diesem Nirgendwo erscheinen Sanftauge Traumbilder – Erinnerungen aus längst vergangenen Zeiten.

Aus der Tiefe der Schlucht lösen sich zwei Augenpaare, aus denen ihr Sehnen, Vertrautheit und Liebe entgegen leuchten. Sie erlebt ein seltsames Glücksgefühl, und ihr ist, als habe sie etwas längst Verlorenes wiedergefunden. Sachte, wie sie erschienen, die Augen, verblassen sie wieder, und lassen Sanftauge mit dem Gefühl zurück: Sprechende Augen und Yasmin gesehen zu haben.

Sanftauge wundert sich nicht über ihren rätselhaften Traum, fragt nicht nach Ursprung oder Bedeutung. Sie ist einfach nur glücklich mit dem Gefühl so tiefer Nähe, die sie mit den Kindern verbindet.

Stimme weiß nichts von Sanftauges Traum, spürt nur deren freudige Erregung und sieht sie fragend an.
„Yasmin, Sprechende Augen!" sagt Sanftauge glücklich, hebt ihren Kopf über die Wellen, sieht zur Insel rüber: „Meine Kinder!" sagt sie. „es sind meine Kinder, eben erst habe ich sie wirklich GESEHEN!"

Sanftauge dachte und sprach nicht in Worten, wie Menschen es tun. Sie dachte in Gefühlen und gab ihnen Ausdruck mit Lauten und Gesten und Regungen ihres Körpers. So nahm Stimme wohl die Gefühle ihrer Tochter wahr, doch ohne zu erfahren daß diese in Yasmin und Marko ihre beiden Töchter, Ilse und Susanne, aus einem früheren Leben, wiedererkannt hatte ...

*

Bis in den späten Vormittag hinein, hat der achterliche Wind das Boot stetig auf Schwanenhals zugeweht. Als er dann abflaute, befand es sich auf halbem Weg dorthin. Inzwischen ist er ganz eingeschlafen. Müde dümpelt das Boot unter blauem Himmel, aus dem die hochstehende Sonne hernieder strahlt. Mo beschattet seine Augen mit der Hand und sucht den Horizont ringsum nach einem Zeichen ab, das Wind ankündigen könnte.
„Ich sehe keinen Wind, weit und breit", sagt er nachdenklich. „nur dort im Westen, scheint die Luft über dem Horizont ganz etwas diesig zu sein. Schaut mal dorthin. Seht ihr es auch, oder bilde ich mir das nur ein?"
„Ich glaube ich sehe es auch." stimmt Marko ihm zu und Yasmin meint: „Es sieht aus wie eine gläserne Glocke, die über dem Meere schwebt."
„Habe ich doch richtig gesehen", sagt Mo hoffnungsvoll. „da draußen bewegt sich was. Aber kommt es auch in unsere Richtung? Und wenn, wie lange wird es brauchen, bis es hier ankommt, und wird es womöglich ein Südwind sein, der uns am Ende auf das Eiland zurückweht?!"
„Wenn nun aber kein Wind mehr kommt?" gibt Yasmin zu bedenken.

„Das mag ich mir lieber nicht vorstellen", versichert ihr Mo. „wir könnten wohl rudern, aber Schwanenhals würden wir vor Sonnenuntergang nicht erreichen. Dann könnten uns die Sterne den Weg wohl weisen. Aber gegen eine Strömung, die uns aufs Meer hinaustragen würde, könnte keiner gegenanrudern."

„Und wenn wir dann einfach vor Anker gehen und auf günstigen Wind warten?"

Mo schüttelt den Kopf: „Das wird wohl nicht gehen." und indem er sich an Marko wendet: „Laß den Anker mal fallen!"

Als der Anker ins Wasser plumpst, folgt ihm das Tau mit melodischem Surren in die Tiefe, bis es abrupt verstummt und gestrafft vom Dollbord hinabhängt. Verwundert hat Yasmin dem Anker nachgeschaut.

„Das Tau ist doch sooo lang, ist es hier denn wirklich sooo tief?" Mit einem Anflug von Ängstlichkeit schaut sie zu Mo auf: „Mich gruselt richtig, das ist ja ganz unheimlich!" Sie schaut über das Meer zu der dunstigen Stelle am Horizont: „Wir werden doch nicht wirklich dorthin treiben?!"

„Wohl nicht", versucht Mo, sie zu beschwichtigen, erreicht aber das Gegenteil als er, mehr für sich, hinzufügt: „jedenfalls will ich das nicht hoffen!"

„Wäre es denn so schlimm?" möchte Yasmin nun wissen.

„Das ist schwer zu sagen. Ich hab den Krug wohl noch mit Wasser aus dem Bach gefüllt. Für heute wird es reichen. Wenn wir aber viele Tage in einer Flaute treiben würden, unter dieser Sonne, ohne Wasser ....."

Mo schaut lange auf den fernen Dunst: „Er scheint etwas dunkler zu werden, seht ihr es auch?"

„Ganz wenig." stimmt Yasmin ihm bei, und Marko meint: „Noch wächst es kaum merklich, das kann sich aber schnell ändern, und vielleicht kommt dann heute noch mehr Wind, als uns lieb ist." Damit klettert er zum Bug, holt den Anker ein und legt ihn an seinen Platz.

Fernes Pfeifen – Mo und die Kinder schauen auf. „Stimme, Sanftauge!" rufen sie übers Meer und winken ihren Freundinnen zu, die über Wellen springend, schnell näher kommen. Das bringt Marko auf eine Idee: „Ich könnte doch mit Sanftauge nach Schwanenhals vorausschwimmen und den Leuten dort sagen, daß wir auf dem Weg zu ihnen in eine Flaute geraten sind. Wenn es Nacht wird, könnten wir ein Feuer machen, daß ihr den Weg findet. Was sagt ihr dazu?"

Mo schaut zur Insel rüber: „Ist es nicht zu weit dorthin?"

„Für Sanftauge bestimmt nicht. Die bringt mich schon sicher hin."

Stimme und Sanftauge haben das Boot fast erreicht und rauschen, den Kopf über Wasser, pfeifend und schwatzend daraufzu. Marko zieht sich aus, springt kopfüber in die Wogen und wird von ihnen mit stubsen und Freudenlauten begrüßt. Augenblicklich fühlt er sich eins mit ihnen, umarmt sie und wird zwischen ihnen herumgewirbelt bis er seine Arme beschwichtigend hebt. „Ich möchte mit euch nach Schwanenhals. Bringt ihr mich dorthin?!" fragt er sie bittend, und weist in Richtung der Insel.

Ihre zwitschernden Laute hören sich wie Zustimmung an. Sie schwimmen zum Boot, heben sich zu Yasmin und Mo aus dem Wasser, nehmen deren Liebkosungen entgegen, verabschieden sich mit knarrenden Lauten und wenden sich Marko wieder zu. Als Sanftauge neben Marko gleitet, legt er sich an ihre Seite und hält sich an ihrer Rückenflosse fest. Sie sieht ihn fragend an. Als Marko seinen Arm nach Schwanenhals ausstreckt, und sie fragt: „Schwimmst du mit mir zu der Insel dort?" schwenkt sie ihren Kopf hin und her und rauscht mit Marko durch die Wogen, auf Schwanenhals zu, davon.

So schnell Sanftauge, mit Marko im Schlepp, auch dahingleitet, schneller noch als Mos Boot vor einem Sturmwind, sind die beiden doch langsamer als Stimme, die mal neben ihnen herschwimmt, dann wieder vorauseilt, abtaucht, nach einer Weile neben ihnen aus dem Wasser- und über sie hinwegspringt um sie jubelnd zu umkreisen.

Dabei kommt es Marko so vor, als ob die Insel kein bißchen näher kommt. Als er sich nach dem Boot umsieht, ist das jedoch winzig klein geworden. Es beginnt unheimlich zu werden. Es ist, als ob sich auch die Insel, so wie das Boot, von ihm entfernt hätte, und das Meer immer größer würde!

„Wo kommen nur solch unsinnige Gedanken her!" wundert sich der Junge und denkt daran, wie weit weg seine Insel zu sein schien, als er das erste Mal mit Sanftauge hinausgeschwommen war, und sich von ihr verlassen glaubte.

„Von hier im Wasser sieht alles viel weiter weg aus, als es wirklich ist." denkt er. „Meine Freundinnen werden mich schon sicher nach Schwanenhals bringen."

Mo und Yasmin haben den Davonschwimmenden die ganze Zeit nachgeschaut. Es fiel ihnen immer schwerer, Markos Kopf von Sanftauges zu unterscheiden. Schließlich begannen sie zu einem ETWAS zu verschmelzen, das sich im fernen Wellenglitzern aufzulösen schien.

„Sie werden wohl schon halb drüben sein." meint Yasmin hoffnungsvoll und setzt sich zu Mo auf die Ruderbank.

„Na ja", gibt er zu bedenken. „auf dem Wasser ist das so eine Sache mit den Entfernungen, da kann man sich leicht vertun. Aber unsere großen Freundinnen werden Marko schon heil an Land bringen. Sieh mal, dort! Der Dunst scheint mehr zu werden und näher zu kommen. Oder sollte ich mich täuschen?"

Als Yasmin von der Ruderbank aufsteht, und über das Meer schaut, fühlt sie einen Lufthauch auf ihrem Gesicht.

„Doch, es kommt langsam auf uns zu und ich spüre etwas Wind. Sieh mal, das Segel bewegt sich sogar!"

Nun steht Mo auch auf, befeuchtet seinen Zeigefinger und hält ihn hoch über sich. „Vielleicht haben wir Glück, es könnte ein nördlicher Wind werden."

Inzwischen haben sich Marko und seine Freundinnen der Insel soweit genähert, daß er den hellen Strand deutlich von dem grünen Hügel, der offensichtlich als Kopf des Schwanes vor der Bucht liegt, unterscheiden kann. Weiter landeinwärts erhebt sich ein bewaldeter Berg. Vor dessen dunklem Grün steigt eine helle Rauchfahne auf.

„Da ist ein Feuer", denkt Marko. „da wird gekocht. Ein großer Topf Suppe hängt über den Flammen." stellt er sich vor. „Wenn wir nur endlich dort wären, eh ich erfroren bin!"

Marko liegt mit Brust und Bauch auf Sanftauges warmem Rücken, und seinen Rücken wärmt die Sonne. Das schnell strömende Wasser aber kühlt Arm, Schulter und Beine so sehr aus, daß er sie kaum noch fühlt, und ihn, in immer kürzeren Abständen zähneklapperndes Zittern schüttelt. Auch merkt er, wie die kalte Hand an Sanftauges Rücken langsam erlahmt.

„Wir sind ja bald da!" macht er sich Mut, und sieht Hügel und Strand schnell näher kommen. Dann endlich, endlich bleibt Sanftauge mit ihm vor dem Strand in brusttiefem Wasser liegen. Zähneklappernd löst sich Marko von seiner Freundin und hängt mehr im Wasser, als daß er steht. Er versucht auf den Strand zuzuschwimmen. Doch seine Arme wollen sich nicht mehr bewegen, und seine Brust scheint von Fesseln umschlossen, so daß er kaum noch atmen kann.

„Das ist das Ende … so nahe am Ufer!" schießt es ihm durch den Sinn.

„Ich MUSS schwimmen, nur wenige Züge, bis da vorne nur!!!!!" denkt er verzweifelt und nimmt seinen ganzen Willen zusammen, daß seine Arme, wenn auch kraftlos, doch so rudern, daß sie ihn, unendlich langsam, auf den Strand zubewegen. Dann, endlich berühren seine Knie den Grund. Auf allen Vieren schleppt er sich weiter, bis er in den, von der Sonne aufgeheizten, Sand sinkt.

„Ich muß mich bewegen, wieder warm werden", denkt er, bleibt aber ermattet liegen. „Das hab ich noch nie erlebt!" wundert er sich. „Als ob mein Körper mich nicht mehr kennt! Ich muß mich doch bewegen können!"

Endlich gelingt es Marko, sich auf den Rücken zu wälzen und seine Hände zu heben. Sie sind weiß. Mühsam bewegt er die Finger und reibt den Sand von seiner Brust, auf der er die wärmende Sonne fühlt. Nun bewegt er auch seine Beine, versucht die Kälte von ihnen abzuschütteln, versucht sich aufzurichten. Vergebens. Wie ein Käfer kommt er sich vor. Der hilflos auf dem Rücken liegt. Läßt Arme und Beine in den Sand sinken, beginnt, laut über sich zu lachen.

Wie ein Echo aus dem Meer – die Stimmen seiner Freundinnen. Wieder versucht er sich aufzurichten. Endlich gelingt es ihm seinen Oberkörper soweit zu heben, daß er Sanftauge und Stimme sehen kann.

„Ich muß mich ausruhen und wieder warm werden!" ruft er ihnen zu. Eilig schwimmen seine Freundinnen zum Strand, den sie noch so weit hochrutschen, daß sie je auf einer Seite neben Marko liegenbleiben. Aufgeregt zwitschernd stubsen sie ihn an seine Brust und Hände. „Ihr braucht mir nicht aufzuhelfen", versichert er ihnen. „ich bin nicht gestrandet; muß mich nur noch aufwärmen. Geht man zurück ins Wasser!"

Als die beiden aber neben ihm liegen bleiben, versucht Marko aufzustehen, und es gelingt ihm endlich auf die Beine zu kommen. Noch sehr wackelig, setzt er einen Fuß vor den anderen und geht auf das Wasser zu. Sanftauge und Stimme robben erstaunlich wendig neben ihm her, bis sie zurück ins Meer gleiten. Marko geht am Strand hin und her, beginnt herumzuspringen, dann zu rennen, und erreicht schließlich die Höhe des kleinen Hügels.

Vor ihm liegt die Bucht. Zwischen der Landzunge Schwanenhals auf der Meerseite, und einem schmalen Landstreifen an der Ostseite zieht sie sich bis zum Fuß des Berges hin.

Auf dem Strand liegen, kieloben, kleine Boote. Weiter oben, lugen Giebel und Strohdächer kleiner Häuser zwischen großen alten Laubbäumen hervor, an denen vorbei ein Bach über den Strand in die Bucht fließt. Über einem der Giebel steigt noch immer heller Rauch auf, der, jetzt leicht geneigt, auf den Berg zuweht.

„Es bewegt sich was", denkt Marko, betrachtet den noch immer fernen Dunst über dem Meer, schaut zum Boot, sieht daß sich sein Segel im Winde bläht, und spürt nun auch einen leichten Lufthauch auf seinem bloßen Körper.

Sanftauge und Stimme, die nicht weit entfernt umhertauchen, heben zwischendurch ihre Köpfe aus dem Wasser, um Luft zu holen und Marko zuzupfeifen. Als sie sehen, daß er den Hügel hinab auf die Bucht zuläuft, schwimmen sie ihm entgegen.
In großen Sätzen springt Marko den Hang hinab und wird immer schneller bis er kopfüber ins Meer stürzt. Unter Wasser fühlt er schon die stubsende Begrüßung seiner Gefährtinnen, die dann mit ihm zusammen auftauchen. Als Marko seine Hand an Sanftauges Rückenflosse legt, deutet er nach dem Strand am Ende der Bucht und fragt: „Kommt ihr mit dorthin?" Zusammen schwimmen sie durch das stille Wasser der Bucht, auf den Strand zu.

*

Auf der Bank, vor dem Haus am Bach, sitzen Frieda und ihre Enkelinnen Toni und Guste. Selbstvergessen pulen sie kleine Nüsse zwischen den Schuppen von Pinienzapfen heraus. Als Guste einen ausgepulten Zapfen beiseite legt und in den Korb mit den vollen Zapfen greift, fällt ihr Blick auf die Bucht.
„Was schwimmt denn da?!" ruft sie verwundert aus. „Das sieht ja aus, wie zwei Fische und ein Kopf!" Sie steht auf und beugt sich vor wie um besser sehen zu können. Auch Toni und Frieda richten sich auf und betrachten die rätselhafte Erscheinung, die offenbar auf sie zugeschwommen kommt.

„So was", beteuert Frieda, „habe ich in meinem ganzen Leben noch nie gesehen! Zwei große Fische und ein Mensch!"
„Ich auch nich." sagt Toni unsicher und hält sich an Friedas Hand fest. „Wolln wir uns schnell verstecken und warten bis sie wieder weg sind?"

„Sei mal nicht albern, Kind! Uns verstecken, nur weil da zwei Fische mit einem Fremden zu uns schwimmen! Vielleicht sind es ja sogar Delphine, die jemanden retten wollen." gibt Frieda zu bedenken. „In einer alten Geschichte hat einmal ein Delphin ein Kind gerettet, das ins Meer gefallen war. Ich wußte nicht, ob ich das glauben sollte. Und jetzt erleben wir das vielleicht selber. Kommt, wir wollen ihnen entgegengehen!"

Die Schwanenhalsbucht ist nur einen kleinen Spaziergang lang. Markos Freundinnen sind mit ihm schon weit über die Hälfte der Strecke geschwommen, als die Wasserkühle wieder in seine Glieder kriecht. „Wir sind ja bald da." denkt er, und sieht, wie ein Haus nach dem anderen zwischen den Bäumen sichtbar wird. Nun erscheint auch das Haus, aus dessen Schornstein der helle Rauch aufsteigt.
Unter dem Fenster, noch undeutlich, drei Gestalten. Jetzt bewegen sie sich, dem Bachlauf folgend, auf die Bucht zu. Es sind zwei Kinder und eine Frau. Die Frau trägt ein helles Hemd, indes die Kinder unbekleidet vor ihr herlaufen. Endlich erreichen sie den Strand und schauen Marko und seinen Gefährtinnen, die schnell näherkommen, verwundert entgegen.
Kaum einen Steinwurf entfernt, schwimmen die großen Fische langsamer und bleiben schließlich im Wasser liegen. Nun richtet sich das Kind im knietiefen Wasser auf. Es ist offensichtlich ein Junge. Frieda und die Mädchen stehen nur da und starren den fremden Jungen und die Fische an.
„Das muß ein Traum sein", denken sie. Nur im Traum könnten Fische sie so freundlich anschauen, wie diese es tun, so als würden sie liebe Freunde wiedersehen.
Nun öffnen die Fische auch noch ihre Schnäbel und sprechen den Jungen mit merkwürdigen Lauten an! Der deutet auf seine Brust und sagt: „Ich bin Marko", sieht nacheinander die Fische an: „Das sind meine Freundinnen Sanftauge und Stimme. Sie haben mich hierher gebracht."
Darauf die Frau: „Ich bin Frieda und das sind Toni und Guste. Aber wo kommt ihr denn nur her?"
„Heute Morgen bin ich mit Yasmin und Mo von der Insel dort losgesegelt. Wir wollten zu euch. Doch auf halbem Weg schlief der Wind ein. Nun haben mich meine Freundinnen hierher gebracht."
„Sind das wirklich deine Freundinnen?" fragt Guste vorsichtig, und geht zögernd auf das Wasser zu.
„Ja, sie sind sogar meine besten Freundinnen, so wie Yasmin auch. Du kannst ruhig zu uns kommen!" ermutigt Marko sie, wobei er Sanftauge und Stimme streichelt.

Beherzt geht das Mädchen nun ins Wasser auf sie zu, bleibt aber stehen, als Sanftauge ihr entgegenschwimmt.

Schreien, weglaufen, Augen zumachen? Das Kind rührt sich nicht, schaut auf das große Gesicht, das sie so freundlich ansieht …

Sanftauge spürt die widerstreitenden Gefühle des Kindes, gleitet sachte zu ihm hin und bleibt reglos vor ihm liegen.

Sogleich fühlt Guste sich von Sanftauge merkwürdig angezogen, berührt sie vorsichtig mit ihrer Hand, und erlebt nun auch wie eine seltsame Wärme sie durchrieselt.

Tastend streichelt die Kinderhand über Sanftauges Hals. Dabei fragt Guste sie zaghaft: „Wirst du nun auch MEINE Freundin werden?" Sanftauge hebt ihren Kopf und stubst Guste an die Brust, wobei sie mit leisen Lauten zu ihr spricht.

„Ja? Heißt das ja?!" ruft Guste glücklich aus und streichelt Sanftauges Gesicht. Gleichzeitig fühlt sie eine Berührung an ihrem Knie. Dann hebt sich auch Stimmes Kopf vor ihr aus dem Wasser. Einen langen seligen Augenblick lang erlebt sie die Nähe zweier Lebewesen, die ihr eben noch unnahbar fremd gewesen waren. Schwatzend wenden sie sich nun von ihr ab und Marko zu, verabschieden sich auch von ihm und schwimmen in die Bucht hinaus.

Frieda sieht nun wie Marko bibbert und sagt: „Du bist ja halb erfroren. Laß uns mal gleich ins Haus gehen, daß du dich am Feuer wärmen kannst."

Als Marko Frieda und den Kindern durch die Tür des Dorfhauses in den großen Raum folgt, duftet es nach harzigem Rauch, würzigen Suppenkräutern und frisch gebackenem Brot.

Vor der Steinwand gegenüber glüht und züngelt ein Feuer, über dem ein riesiger Henkelkessel an einer Eisenkette hängt.

Durch zwei Fenster in der linken Wand, fällt das Tageslicht auf einen langen, groben Holztisch, an dessen Enden je ein Lehnstuhl, offensichtlich für zwei besondere Gäste, bereitsteht.

Zwei weitere Fenster, in der Wand rechts, beleuchten einen kleinen Bach der durch eine Öffnung in der Wand hinter der Feuerstelle, in eine Bodenrinne fließt, sich in einer Wanne sammelt und auf eine Öffnung in der Seitenwand zufließt, durch die er seinen Weg zurück nach draußen findet.

Auf einem Tisch unter dem vorderen Fenster, befinden sich Tonschalen, allerlei Küchengeräte, einige Laibe Brot und ein großer Butternapf.

Marko setzt sich auf einen der Schemel, die vor dem Feuer stehen und genießt dessen wohlige Wärme.

Frieda wendet sich nun an Guste, indem sie ihr ein Handtuch reicht: „Hier, nimm und rubbel Marko den Rücken trocken, und du Toni, gehst in meine Kammer und holst das Hemd, das dort im Schrank hängt."

Marko genießt es wie Guste ihm den Rücken rubbelt. Dann nimmt er das Handtuch und trocknet sich vollends ab. Toni kommt mit dem Hemd und gibt es Marko, mit den Worten: „Daß du nich mehr frieren mußt!"

Frieda rührt mit der Suppenkelle in dem Henkelkessel, füllt eine irdene Schale mit dampfender Suppe und reicht sie Marko: „Du bist sicher hungrig, das wird dich wieder aufwärmen, laß es dir nur schmecken."

Mit einem „danke schön" schließt Marko seine Hände um das warme Gefäß. Er atmet den Suppenduft ein, wobei ihm das Wasser im Munde zusammenläuft. Frieda und die beiden Mädchen schauen zu, wie Marko den Holzlöffel mit Suppe und einem Klößchen zu seinem Mund führt, und pustet, eh er kostet. „Mmmm, wie das schmeckt!" sagt er strahlend. „Solche Klöße hab ich ja noch nie gegessen."
„Das glaub ich dir", stimmt Frieda ihm zu. „die hab ich mir ja auch selbst ausgedacht. Da sind Eier, Mehl, Salz und frische Kräuter drin. Möchtest du auch noch ein Butterbrot?"
Marko nickt mit vollem Mund. Frieda schneidet einen Knust von einem Brotlaib ab, den sie dick mit Butter bestreicht. Als Marko die Suppe ausgelöffelt hat, nimmt sie ihm die Schale ab und reicht ihm den Knust. Schale und Löffel spült sie mit einem kleinen Reisigbündel in der Bodenwanne sauber. Darauf setzt sie sich zu den Kindern und sieht Marko an. „Es ist lange her, daß uns jemand besucht hat. Hast du nicht gesagt, daß Mo mit euch unterwegs ist?"
„Ja. Und Mo war vor langer Zeit schon einmal hier und wäre am liebsten bei euch geblieben."
„An Mo kann ich mich gut erinnern. Ich freue mich darauf, ihn wiederzusehen. Ganz im Gegensatz zu einem Prediger, der auch einmal hier war, den aber keiner mochte."
„Davon hat Mo erzählt. Wegen dem mußten wir ja aus unserem Dorf fliehen."
„Ihr seid auf der Flucht vor dem Prediger? Was will der denn von euch?!"

Während Marko von den Ereignissen berichtet, die zur Flucht führten, segeln Yasmin und Mo vor achterlichem Wind auf Schwanenhals zu. Inzwischen haben sie sich der Insel soweit genähert, daß sie den Strand, das Ufer und sogar die ersten Dächer des Dorfes erkennen können. Nun bemerkt Yasmin ein winziges dunkles Etwas, das sich von dem First einer Hütte löst, über die Laubbäume aufsteigt und ganz langsam größer wird.

Aufmerksam beobachtet sie den auf- und absinkenden Flug des dunklen Vogels, der auf sie zu zu fliegen scheint. Ihr kommt die Erinnerung an den Traum, in dem sie Mos Raben begegnet war. Sollte das womöglich Mos Freund, der Rabe Roa, sein? fragt Yasmin sich zweifelnd. Sie bekommt eine Gänsehaut, bei dem Gedanken, daß der Vogel bald bei ihnen ankommen könnte.

„Mo", sagt sie vorsichtig, und deutet auf den Vogel, der mit ruhigen Flügelschlägen immer näher kommt. „der fliegt ja direkt auf uns zu!"

„Tatsächlich! Und wie er seine Schwingen bewegt! Genau so wie Roa, wenn er zu mir flog!"

In banger Hoffnung schauen beide zu dem nun schnell größer werdenden Vogel – und dann – ein tiefes „raab, raab, raab!" auf das Mo mit einem „roa, roa, roa!" antwortet.

*

Es ist schon eine Weile her, daß zwei kleine Raben sich aus der Enge ihrer Eier befreiten. Die Rabeneltern umsorgten ihre Kinder so liebevoll, daß aus den winzigen, nackten Vogelbabies bald kleine Rabenkinder wurden. Wenn sie mußten, krochen sie auf den Nestrand, über den hinweg, sie ihre Kleckse in die Tiefe fallen ließen.

Eines Tages, die Rabeneltern hatten ihren Kindern viele leckere Insekten in die hungrigen Schnäbel gestopft, und waren wieder davongeflogen, krabbelte das größere Rabenkind so weit über den Nestrand, daß es hintüber rutschte und in die Tiefe fiel. Heftig schlug es mit seinen Flügeln, doch half das wenig, sie waren noch zu klein. So sank es flatternd auf die Erde zu. Doch die dünnen, biegsamen Zweige einer kleinen Kiefer federten seinen Fall glücklicherweise ab, wobei ihre Nadelbüschel unangenehm pieksig waren.

Was war nur geschehen? Dicht über dem Waldboden hing der Unglückliche zwischen widerborstigen Nadelbüscheln, aus denen er sich flügelschlagend herausstrampelte. Auf wackeligen Beinen stolperte er ratlos umher, gelangte auf einen Moosteppich und legte sich dort erst einmal ins weiche Moos.

Allein, in unvertrauter Umgebung, lag er da und fühlte sich elend und verlassen.
Dann … fremde Stimmen. Tief drückt er sich ins Moos. Ganz still liegt er da. Nur seine blauen Augen spähen ängstlich umher.
Da! Riesige Gestalten kommen auf ihn zu. Die größte, schon bedrohlich nah, bleibt endlich stehen.
Unverständliche fremdartige Laute: „Oh, was ist denn das?"
Auch die beiden anderen Ungeheuer bleiben stehen, und schauen verwundert auf den Unglücklichen herab. „Das ist ja ein Vogel!" läßt sich Guste nun hören, und Toni wundert sich: „Warum fliegt er denn nich weg?"
„Vielleicht ist er krank, oder verletzt", meint Julius. „Ich glaub, er fürchtet sich vor uns. Bleibt mal hier, ich seh ihn mir mal an."

Julius will den Vogel nicht erschrecken. Er macht sich so klein wie möglich, indem er auf allen Vieren auf ihn zu kriecht. Ängstlich schaut ihn der Vogel an und drückt sich noch tiefer ins Moos, wobei sich sein Schnabel wie hilfesuchend aufwärts richtet. Endlich ist Julius ganz nah bei ihm und fragt ihn vorsichtig: „Was machst du denn hier so allein?"

Augenblicklich ist der Vogel wie verwandelt. Die Angst in seinen Augen weicht einem hoffnungsvollen Vertrauen und Julius fährt erschrocken zurück, als der Vogel sich plötzlich vor ihm aufrichtet, ihn mit ausgebreiteten Flügeln heftig anzittert und ihm seinen weit aufgesperrten, tiefrot leuchtenden Schnabel mit lautem „räää, rääää, rääää!" entgegenreckt.
Julius sieht den kleinen Kerl ratlos an. „Was willst du mir denn sagen?" fragt er unsicher, worauf der Vogel drei kleine Schritte auf ihn zugeht, noch lauter schreit und noch heftiger zitternd mit den Flügeln schlägt.
„Ich glaube, er will von dir gefüttert werden", schlägt Guste vor und sieht sich gleich nach Eßbarem um. Als sie Julius eine dicke grüne Raupe bringt, und er diese dem Vogel in den Schnabel gibt, schluckt er sie begeistert … Nun suchen alle grüne Raupen und füttern das hungrige Rabenkind. Dann hocken sie sich vor ihm hin und beratschlagen, was sie mit ihm machen sollen.

Der kleine Rabe schaut in die Gesichter der Kinder, die ihm immer vertrauter werden – die ihn nachdenklich betrachten.

„Vielleicht", gibt Julius zu bedenken, „haben ihn seine Eltern gar nicht verlassen, und trauen sich nur nicht zu ihm her, weil wir hier sind – "

„Ja", stimmt Guste ihm bei. „wir sollten ihn lieber allein lassen, damit sie sich wieder um ihn kümmern. Wir können uns ja da hinten im Gebüsch verstecken und warten, ob sie zu ihm fliegen."

„Sollten wir machen, laßt uns mal gleich gehen", antwortet Julius ihr und sagt zu dem Vogel, indem er sich ihm zuneigt: „Auf Wiedersehen Rabenkind, deine Eltern kommen bestimmt bald zu dir zurück."

Der kleine Rabe aber, der ruhig und zufrieden dagelegen war, ist blitzartig auf den Beinen, reißt den Schnabel weit auf und schreit, mit den Flügeln schlagend, so besorgt dreinschauend, daß seine Augen ihm fast aus dem Gesicht zu fallen scheinen.

„Geht nicht weg, laßt mich nicht allein!" so ungefähr hört sich der Ärmste an. In der Absicht, ihn zu beruhigen, erklärt Julius ihm: „Armer kleiner Vogel. Wenn wir dich mitnehmen, sind deine Eltern ganz traurig. Bleibe bitte hier, damit dich deine Eltern wiederfinden können. Viel Glück, kleiner Vogel!"

Mit Tränen in den Augen wünschen ihm nun auch Toni und Guste viel Glück, wenden sich schweren Herzens von ihm ab und gehen mit Julius auf das Gebüsch hinter der Moosfläche zu.

Als sie hinter sich ein verzagtes „rääää" hören, drehen sich die Kinder um und sehen wie ihr kleiner Freund ihnen mit tapsigen Schritten schwankend und stolpernd zu folgen versucht. Aus Kummertränen werden Freudentränen, als Julius den Zurückgelassenen vorsichtig aufhebt, und dieser sich mit leisen singenden Lauten in seine Hände schmiegt. Unversehens sind die Kinder glückliche Rabeneltern geworden.

*

Das alles ist nun schon eine Weile her. Aus dem kleinen Raben ist inzwischen ein sehr großer geworden, und der hat seinen alten Freund Mo soeben begrüßt und wird wohl bald bei ihm sein.

Jetzt schon recht nah, steigt er mit schwerem Flügelschlag höher auf, kreist auf weit ausgebreiteten Schwingen über dem Boot, legt sie an seinen Körper, fällt mit zwei langen „raaaaab, raaaaab" auf das Boot zu, breitet die Schwingen wieder aus, schwebt rauschend auf Mo zu und landet auf dessen dargebotenem Arm.

Mit zärtlichen Lauten legt sich der große schwarze Vogel, dessen glänzendes Federkleid im Sonnenlicht bläulich-grün schillert, auf Mos Arm nieder, neigt sein Gesicht und plustert Kopf- und Halsfedern auf. Mo, der diese Geste wohl versteht, senkt seine Nase in die samtweichen Federn, atmet deren Duft und liebkost den Rabenkopf mit flüsternden Lippen.

Yasmin rührt sich nicht, wagt kaum zu atmen, ist einfach nur gefangen, von der Hingabe und Zärtlichkeit, die der große Vogel Mo entgegenbringt, sowie der Liebe, mit der Mo ihm begegnet.
Nun besteht für sie kein Zweifel mehr, daß dieser Vogel es war, dem sie und Marko in ihren Träumen begegnet sind. Und daß die Liebe von Mos totem Freund, über den Tod hinaus, in diesem Raben weiterlebt.

Das Flattern des Segels weckt Yasmin aus ihren Gedanken. Langsam hat sich das Boot gedreht, daß es jetzt quer zum Kurs auf Schwanenhals liegt. Sie klettert zur Heckbank, ergreift die Ruderpinne und steuert das Boot auf seinen Kurs zurück.

Nun sieht Mo Yasmin lächelnd an, dann seinen Freund, der mit gesenktem Kopf und geschlossenen Augen in sich hineinzuschauen scheint, streichelt dessen Schnabel und sagt zu ihm: „Roa, das ist Yasmin."

Wie aus tiefer Trance erwachend hebt der Vogel seinen Kopf und sieht Yasmin aufmerksam an, wobei er einen Buckel macht, ein Bein seitwärts von sich streckt, seinen Flüge weit darüberhinwegbreitet, eine Weile so verharrt, eh er ihn bedächtig wieder an sich zieht und behutsam seitlich auf seinen Rücken legt.
Mit dem Vogel auf dem Arm setzt sich Mo zu Yasmin auf die Heckbank. Roa steigt auf Mos Knie, sieht Yasmin in die Augen, geht auf sie zu, wendet sich zur Seite und neigt seinen Kopf leicht nach unten.

Noch nie war Yasmin ein Rabe so nah gewesen. Nicht, daß sie sich vor ihm fürchtete. Es ist eher ein Gefühl der Ehrfurcht, das sie davon abhält, ihn zu berühren. Als er jedoch seinen Kopf noch etwas tiefer senkt und sich sein Auge mit einer milchigbläulichen Haut bedeckt, merkt sie, daß der Vogel ihre begrüßende Berührung erwartet.

Doch kostet es sie einige Überwindung, seinen gewaltigen Schnabel mit ihrem Finger zu berühren und seine borstigen Federn über den Nasenlöchern zu streicheln. Warm und weich fühlt sich der Schnabel des Vogels an, der genußvoll mit den Augen plinkert. Einer plötzlichen Eingebung folgend, sieht er Yasmin an, verabschiedet sich gleichsam mit gurrenden Lauten von ihr, steigt auf Mos Arm, klettert auf dessen Schulter, läßt sich dort nieder, kuschelt sich an seinen Hals, bettet den Kopf unter die Federn auf seinem Rücken und schläft ein.

Frieda und ihre Enkelinnen haben Marko gespannt zugehört. Als er am Ende seiner Geschichte erzählt, wie er halb erfroren auf den Strand kroch, holt Frieda tief Luft und sagt: „Was du erlebt hast, ist ja kaum zu glauben. Ein Glück, daß du heil hier angekommen bist, und daß Yasmin und Mo nun wohl auch bald hier landen werden!"

„Ist ja wahr!" fällt es Marko jetzt ein. „Ich will mal gleich nach ihnen ausschauen, kommt ihr mit?!"

Auf dem Weg zum Strand erblicken Marko, Frieda und die beiden Mädchen das Boot, das gerade in die Bucht einläuft.

„Da kommen sie ja schon!" ruft Marko aus und winkt mit beiden Armen.

Yasmin steht vor dem geblähten Segel an den Mast gelehnt und winkt zurück. „Mo, da gehen welche zum Strand und winken uns zu, aber Marko seh ich nicht. Hoffentlich ist ihm nichts geschehen!"

Auch Mo sieht die winkenden Gestalten und sagt: „Bald sind wir nah genug, um die Gesichter zu erkennen. Aber hör mal, ist das nicht Markos Stimme, die uns zuruft?!"

„Ja, Mo", ruft sie glücklich aus, „tatsächlich! Markos Stimme, er ist am Leben!!! Und sieh mal, unsere großen Freundinnen eilen voraus, die haben ihn wohl auch gehört. Jetzt versteh ich das Geschnatter der beiden, als sie von Schwanenhals zurückkamen, vielleicht doch ein bißchen besser. Wahrscheinlich haben sie uns von Markos glücklicher Landung auf Schwanenhals erzählt. Es hörte sich wie eine frohe Botschaft an, die ich nur nicht verstanden hatte. Glaubst du das auch, Mo?"

„Wo du das sagst, ist mir auch so. Ob die uns wohl auch so wenig verstehen wie wir sie?"

„Irgendwie verstehen sie ja immer, was wir ihnen sagen, und manchmal, glaube ich, sogar was wir denken, auch wenn sie weit weg sind. So wie damals, als Sanftauge von mir geträumt hat, als mein Onkel mich in die Kammer gesperrt hatte. Vielleicht müssen wir nur besser zuhören, und noch mehr hinfühlen."

Mo sieht seinen schwarzen Freund an, küsst ihn auf den Schnabel und sagt: „Und wie mein Freund Roa, der euch im Traum besucht hat und meine Gedanken auch ohne Worte versteht."

„Sieh doch, Mo!" ruft Yasmin lachend aus. „Ist das nicht Marko, der sich da ein viel zu großes Hemd auszieht?"

*

Stimme und Sanftauge haben den Strand fast erreicht und schwimmen pfeifend und zwitschernd darauf zu. Sich aus dem Hemd schälend, fordert Marko Guste auf: „Komm, wir gehen unseren Freundinnen entgegen!" und sie laufen in das aufspritzende Wasser, in dem Sanftauge und Stimme sie ausgelassen begrüßen. Als Guste Stimme in ihrer Wiedersehensfreude umarmt, ruft Marko ihr zu: „Halt dich gut fest, wir wollen dem Boot entgegenschwimmen!"

Eh sie sich versieht, fühlt Guste das Wasser an sich längsströmen, als Stimme mit ihr neben Sanftauge und Marko auf das Boot zuschwimmt. Krampfhaft hält sich Guste an Stimme fest, die mit ihr durchs Wasser rauscht. Doch bald entspannt sich ihr Körper, und sie fühlt, wie ihre große Freundin sie mühelos auf das schnell näher kommende Boot zuträgt. Dann erreichen die Delphine mit den Kindern das Boot.

Mo sitzt still auf der Heckbank, den schlafenden Roa auf seiner Schulter. Als Roa die begrüßenden Stimmen der Delphine und Kinder hört, holt er seinen Kopf unter den Federn hervor, reckt sich und stimmt mit kehligem „ rooa, rooa" in die Begrüßung ein.

Guste erkennt Roas Stimme sofort und ruft verwundert: „Kleiner, wie kommst du denn hierher?" Obwohl er ja recht groß ist, wird Roa von allen im Dorf immer noch „Kleiner" genannt. Marko traut seinen Augen kaum. „Mos Rabe ist wieder da", denkt er, „wirklich wieder da!"

Yasmin lehnt sich über das Dollbord und streckt ihre Hand nach Guste aus: „Ich bin Yasmin, komm, ich helf dir ins Boot!" und, indem sie Yasmins Hand ergreift: „Ich bin Guste." und während sie mit Yasmins Hilfe, ins Boot klettert: „Und du, Mo, nennst unseren Kleinen Roa, wie kommt denn das?"

Mo lächelt sie an: „Der „Kleine" und ich sind alte Freunde, und ich hab ihn immer Roa genannt. Aber das ist eine lange Geschichte. Die erzähl ich dir später; wenn wir im Dorf angekommen sind."

Inzwischen ist auch Marko ins Boot geklettert. Er hat sich zu Yasmin gesetzt. Wie abwesend betrachtet er Mo, und seinen schwarzen Freund. Auch er war noch nie einem Raben so nah gewesen.

Fremd, und doch vertraut, erscheint ihm dieser Vogel, aus dessen Augen eine seltsam sanfte Wildheit leuchtet. „Es sind die Augen des Raben aus meinem Traum", denkt er, „und irgendwie auch die Augen von Yasmin."

Sanftauge und Stimme erheben sich schnatternd an der Seite des Bootes, verabschieden sich singend mit Luftsprüngen und tauchen ins Meer davon. Wieder gleiten sie ziellos über den Meeresgrund dahin. Doch bald nehmen sie, ohne so recht zu wissen warum, Kurs auf das Eiland zu. Als sie sich ihm nähern, erinnert Sanftauge sich an die Unterwasserschlucht, und die Augenpaare, die ihr dort erschienen waren. Dann öffnet sich das lange Tal vor ihnen – sachte schweben sie über tiefem Grund. Wieder beginnen traumhafte Bilder Sanftauge zu umweben. Leise Töne, wie der Nachhall vom Puckern in ihrer Brust, das Echo ihres Herzschlags. Es ist, als wohne etwas in ihrem Herzen, das zu ihr spricht, in Klängen, die weiterschweben in ein fernes Sein. Wieder erscheinen ihr die vertrauten Augenpaare. Aus ihnen leuchten Freude und Nähe, und die Verheißung einer gemeinsamen Reise in eine verwunschene Welt. Eine Weile ist sie wie verzaubert, dann entschweben die Augen und lassen Sanftauge mit einem seltsamen Glücksgefühl zurück. Auch Stimme hat geträumt. Von den Kindern und Mo und einem kleinen Mädchen, und einer Reise, mit ihnen allen, auf wundersamen Wegen.

*

Frieda lehnt an einem der kieloben liegenden Boote. Toni geht dem auf sie zukommenden Boot entgegen. Leise rauschend segelt es direkt auf Toni zu, die schnell kleine Schritte rückwärts läuft, als sich der Bug, über den Sand mahlend, auf den Strand schiebt und dort, ein wenig zur Seite geneigt, liegen bleibt.

Nun geht auch Frieda zum Boot und ruft freudestrahlend: „Du bist es ja wirklich, Mo! Daß ich dich noch einmal wiedersehe!"
„Wie froh ich erst bin, dich wiederzusehen!" antwortet Mo lachend.
„Und erst den Kleinen hier, auf meiner Schulter, den ich so lange vermißt hab!"
Frieda, die den Sinn von Mos letzten Worten natürlich nicht so recht versteht, begrüßt nun auch Yasmin: „Sei mir willkommen, Kind! Marko hat schon viel von dir erzählt."
„Und Mo von dir und allen im Dorf, so daß Marko und ich gleich zu euch wollten."
Behende springt Yasmin vom Boot auf den Sand, will Frieda die Hand geben, schaut ihr in die Augen … und umarmt sie.
„Ich auch, ich bin Toni!" hört sie eine Stimme neben sich, und mit den Worten: „Ich bin Yasmin", hebt sie das Kind hoch und dreht sich lachend mit ihm im Kreis.
Marko wirft den Anker auf den Strand, springt auch vom Boot und trägt ihn hoch zu einem Busch, an dessen Wurzeln er ihn sorgfältig in den Boden hakt.
Auch Guste landet mit einem Sprung im Sand, worauf Mo bedächtig von Bord klettert. Roa schwingt sich von Mos Schulter, fliegt auf das Dorf zu und gleitet durch das Laub eines Kastanienbaumes außer Sicht.
Nun umarmen sich Mo und Frieda, die sich erinnert: „So lange ist es her, daß wir uns Lebewohl gesagt haben!"
„Ja, Frieda, und nun bin ich hier endlich wieder angekommen."
„Wollen wir mal ins Haus gehen? Ich habe Suppe auf dem Feuer und frisches Brot ist auch da."
Mo schnuppert hoch in die Luft, als könne er den Duft der Suppe hier schon riechen. „Ja, laß uns gehen, auf deine Suppe hab ich jetzt richtig Appetit!"

*

Bald erreichen Mo und Frieda das Dorfhaus. Dort sitzen die Kinder schon vor der Feuerstelle. Alle reden sie durcheinander. Guste und Toni wollen alles über Yasmins und Markos Abenteuer erfahren, und diese wollen wissen, wie der „Kleine" zu den Menschen im Dorf gekommen ist. Als Mo sich zu ihnen setzt, unterbrechen die Kinder ihr Gespräch. Guste sieht ihn erwartungsvoll an: „Mo, du willst doch noch erzählen, wie es kommt, daß du und der Kleine alte Freunde seid."

Mo überlegt noch, wo er denn mit Roas Geschichte beginnen soll, als Frieda sich an Guste wendet: „Du kannst unseren Gästen schon einmal Suppe auftun."
Frieda schneidet für jeden eine große Scheibe Brot vom Laib, bestreicht sie mit Butter und setzt sich auch ans Feuer.

Alle genießen die köstliche Speise in andächtiger Stille, in die hinein von draußen „raaab, raaab, raaab!" ertönt – alle wissen, was das heißt: „Ich bin es!"
Darauf folgt ein kurzes: „raab, raab!" – „Ich komme jetzt!" und schon segelt Roa durch den offenen Hauseingang herein und landet auf Mos Schulter. Vorsichtig klettert der große Vogel seitwärts Mos Arm hinunter, neigt seinen Kopf auf dessen Hand, die das Butterbrot hält, zu, öffnet seinen Schnabel und legt ein rundlich-braunes Gebilde auf das Butterbrot.
Nun wendet Roa den gesenkten Kopf so, daß sein dunkles Rabenauge Mo direkt ansieht.
Es ist wie ein tiefer See, auf dessen Grund Bilder erscheinen und verblassen. Kleine weiße Lichter schweben durch die Nacht.
„Wie in meinem Höhlentraum, in den mich Rabenaugen getragen haben." wundert sich Mo. Dann leuchten ihm Gefühle tiefer Zuneigung und Nähe entgegen.
Nun betrachtet Mo Roas Geschenk auf dem Butterbrot. Seine Augen werden feucht, als er sieht, daß es eine Kastanie ist.
Mit zitternder Hand nimmt er sie auf, legt sie sich zwischen die Lippen und bietet sie Roa an.
Ganz vorsichtig, als könnte sie zerbrechen, nimmt Roa sie in seinen Schnabel und schaut Mo mit beiden Augen an. Er weiß, daß sein Freund die Botschaft verstanden hat, die dieses scheinbar kleine Geschenk bedeutet.
Mit leisen zärtlichen Lauten breitet Roa seine Flügel aus und fliegt, mit der Kastanie im Schnabel, zur Tür hinaus, folgt der Landzunge des Schwanenhalses, fliegt und fliegt und sinkt auf den Hügel hinab, vor dem Marko gestrandet war.
Auf der höchsten Stelle, bohrt Roa seinen Schnabel in die Erde, daß ein Loch entsteht, in das er die Kastanie bettet und sorgfältig mit Erde bedeckt. Bald wird hier ein Bäumchen wachsen, welches eines Tages, als einsame Landmarke auf das Meer schauen wird.

*

Guste hat die Suppenschalen im Wasserbecken gespült, setzt sich zu Mo und schaut erwartungsvoll zu ihm auf.

„Ja, Kind, der Kleine und ich, sind wirklich alte Freunde. Wir lebten glücklich zusammen, bis der Kirchenmann ihn erschlug. Auf sein Grab pflanzte ich einen kleinen Kastanienbaum, dessen Wurzeln nahmen seinen toten Körper auf, so daß er in dem Baum weiterlebte. Jeden Tag habe ich mit ihm geredet, meinem Freund, der nun ein Baum geworden war. Sein armer Körper war bei mir geblieben, seine Seele aber war frei und überall und auch in meinem Herzen. Eines Tages dann, begegnete sie wohl einem verliebten Rabenpaar, hier auf Schwanenhals. In der Liebe dieser Vögel fand Roas Seele nun ein neues Zuhause. Sie wurden seine Eltern und schenkten ihm einen neuen kleinen Rabenkörper, und ihre ganze Rabenliebe dazu."

*

Als Mo erzählte, schien er abwechselnd in weite Ferne zu schauen, und in sich hinein. Jetzt ist er wohl in die Gegenwart zurückgekehrt und schaut Guste, Toni und Frieda fragend an: „Aber wie ist denn der Kleine nur zu euch gekommen?"

Sogleich erzählt Toni: „Wir haben ihn im Moos gefunden. Da war er noch sooo klein", sie versucht, seine Gestalt zwischen ihren Händen zu formen. „und ich war auch noch ganz klein, und er wollte gleich bei uns bleiben, und Julius hat ihn mitgenommen, und er hatte den ganzen Tag Hunger, und wir haben ihm immer was gegeben, und er war immer ganz lieb."

Mo hat Toni andächtig zugehört: „So war das also. Kannst du die Stelle im Moos denn wiederfinden?"

„Ganz leicht. Das ist doch auf dem Weg zu den Pinienzapfen."

„Willst du mir das Moos morgen einmal zeigen?"

„Oder jetzt?"

„Jetzt wollen wir erst mal unsere Sachen aus dem Boot holen." Und sich an Frieda wendend: „Ist denn irgendwo ein Plätzchen für uns?"

„Ihr könnt in die Hütte ziehen, in der du gewohnt hast, als du bei uns warst. Wollen wir eure Sachen gleich hinbringen?"

„Ja, Frieda, in dem Häuschen hab ich mich so wohl gefühlt. Kommt, Kinder, wir wollen unsere Sachen holen!"

Die kleine Schar geht zum Boot. Marko klettert an Bord und reicht jedem, was er tragen kann. Darauf folgen sie Frieda zum Dorfhaus und gehen den Trampelpfad, am Backhaus und Räucherofen vorbei, zum Häuschen hinauf.

Während die anderen Häuser des Dorfes am Fuße der Anhöhe im Schutz alter Linden- und Kastanienbäume stehen, hat Peter, der Flötenspieler, dieses Häuschen direkt auf den Rücken des Schwanenhalses, dort wo er aus dem Schwanenkörper herauswächst, gebaut.
In beiden Seitenwänden befindet sich ein Fenster. Eines schaut nach Osten, das andere nach Westen, denn Peter liebte es, am Morgen die aufgehende Sonne zu begrüßen und am Abend der untergehenden Sonne eine gute Nacht zu wünschen.
An die nördliche Giebelwand baute er Rauchfang und Kamin, für das Feuer, das ihm Licht und Wärme spendete, wenn das Himmelslicht unterging, und sich die Dämmerung über Land und Meer senkte. Die Haustür in der Giebelwand gegenüber war ohne Schloß, wie alle Türen im Dorf, denn es gab niemanden, den man hätte aussperren wollen.

*

Es ist lange her, daß Peter, der Flötenspieler, nach Schwanenhals gekommen war. Er ist auf einem Schiff, das von weit her kam, Steuermann gewesen. Als es bei Nacht und Sturm an einer Untiefe scheiterte und sank, konnte er sich ans Ufer der Insel retten. Die Menschen im Dorf nahmen ihn freundlich auf, konnten sich jedoch nicht mit ihm unterhalten, weil er eine fremde Sprache sprach.
Aber lachen konnten sie mit ihm, wenn er versuchte, sich mit ihnen durch Gesten und lustige Laute zu verständigen. Von Guste und Julius lernte er bald die Sprache der Dorfbewohner zu verstehen und, etwas holprig noch, auch zu sprechen.

Aber auch die Kinder würden etwas lernen. Sie schauten zu, wie Peter von einem Ast unterschiedlich lange Stücke abschnitt, eine Eisenstange ins Feuer legte bis sie rot glühte und mit ihr das Mark ausbrannte.
So entstanden Holzröhren deren eines Ende er mit Holzpfropfen verschloß. Darauf legte er seine Unterlippe an den Rand einer

Röhre und blies sachte über die Öffnung hin. Ein lieblich sanfter Ton erklang aus dem Holz, das die Kinder ungläubig betrachteten. Zauberei? Eine so schöne Stimme – in einem Stück Holz! Der Schöpfer dieses kleinen Wunders war jedoch mit dessen luftigem Klang noch nicht zufrieden, schob den Pfropfen etwas weiter in die Röhre, erblies einen etwas höheren Ton und schob den Pfropfen weiter in das Holz, bis er mit dem Klang zufrieden war. So stimmte er alle Röhren auf die gleiche Weise, wobei jede ihre eigene Stimme, von ganz tief bis ganz hoch erhielt. Dann verband er die Röhren in der gleichen Reihenfolge mit zwei Holzspanen, die er quer über das Röhrengebilde legte. Die Kinder hatten still zugeschaut und jeden neuen Ton nur mit „Oh ist das schön!" begrüßt. Als Peter dann das geheimnisvolle Gebilde an seine Lippen hob und hin und her bewegte, wobei er blies, entlockte er dem kleinen Instrument eine auf- und abschwingende Melodie. Nie zuvor war auf Schwanenhals das Lied einer Panflöte erklungen. Als der letzte Ton verhallte und Peter die Flöte senkte, baten die Kinder: „Spiel doch bitte noch weiter!"

Peter spielte weiter: Ein Lied vom Wind in den Föhren, von der Weite des Meeres und der Sehnsucht nach der Geliebten. Die Kinder lauschten andächtig, und ihre Freude war groß, als Peter sie fragte: „Soll ich euch auch solche Flöten machen?"

Die Kinder spielten oft mit ihrem Freund zusammen und halfen ihm sein Häuschen bauen. An den Abenden saßen sie im Schein des Kaminfeuers beisammen, spielten auf ihren Flöten und lauschten ihrem Freund, wenn er von seinen Abenteuern in fernen Ländern und von seiner Heimat am Nordmeer erzählte.

Eines Tages dann, segelte ein großes Schiff auf Schwanenhals zu und ging nahe des Dorfes vor Anker. Ein Ruderboot wurde zu Wasser gelassen und mit Holzfässern beladen. Sechs Männer ruderten das Boot auf das Dorf zu. Beim Anblick des Schiffes war Peter erst ganz still und schaute ungläubig zu ihm rüber. Dann geriet er außer sich vor Freude, und rief: „Tatsächlich! Das Schiff kommt aus meiner Heimat, ich kann es kaum glauben!" Darauf lief er, von Guste und Julius gefolgt, die Böschung hinab zum Strand. Er rief in fremder Sprache über das Wasser und winkte den Männern im Boot zu.

Als das Boot am Strand auflief, begrüßte Peter die Fremden wie Freunde, die er nach langer Zeit wiedersah. Darauf schulterten die Männer ihre Fässer und trugen sie zum Dorf.

„Kinder", sagte Peter zu Guste und Julius, „das Schiff da draußen ist auf dem Weg in meine Heimat, und ich kann mitfahren!"

Die Kinder sahen ihren Freund ratlos an und Julius sagte zu ihm: „Dann werden wir nie mehr zusammen auf unseren Flöten spielen, und traurig sein, weil du nicht mehr da bist."
„Mir ist auch weh ums Herz, bei dem Gedanken, daß ich euch und diese Insel verlassen werde. Aber einmal noch wollen wir zusammen auf unseren Flöten spielen. Holt sie mal gleich, ich geh derweil mit den Männern ins Dorfhaus."

Auch Frieda wurde traurig, als Peter mit den Männern kam und ihr sagte, daß diese um Trinkwasser baten, und daß er mit ihnen in seine Heimat segeln würde.
Frieda versorgte Peter und die Fremden mit Butterbrot und Wasser, und füllte die Fässer in dem kleinen Hausbach.
Als die Kinder mit den Flöten von Peters Häuschen zurückkamen schulterten die Männer ihre Fässer und machten sich, von Peter, Frieda und den Kindern begleitet, auf den Weg zum Strand. Als die Fremden ihre Fässer im Boot verstauten und ihre Plätze einnahmen, sagten Frieda und die Kinder ihrem Freund lebewohl.
Darauf schob Peter das Boot vom Sand, kletterte an Bord, setzte sich auf die Heckbank, besprach sich mit den Männern und sagte zu den Kindern: „Wann immer ihr auf euren Flöten spielt, bin ich euch nah, und wenn ich auf meiner Flöte spiele, seid auch ihr mir nah."
Dann hoben er und die Kinder ihre Flöten an ihre Lippen und das Lied vom Wind in den Föhren erklang.
Die Seeleute saßen still auf ihren Bänken und lauschten andächtig, bis der letzte Ton verwehte.
Dann begannen sie sachte zu rudern, so daß sich das Boot nur langsam vom Strand fortbewegte. Dabei berührte das Lied von der Sehnsucht nach der Geliebten die Herzen. Als auch dieses Lied verklang, war das Boot schon weit draußen. Nun schwebten leise Töne über das Wasser, und es war, als ob das Lied von der Weite des Meeres, langsam im Meer versank …

Bald darauf landete Mo auf Schwanenhals und wohnte in Peters Häuschen. Auch mit Mo saßen Guste und Julius manchen Abend am Kaminfeuer, spielten auf ihren Flöten und lauschten den Geschichten die er ihnen erzählte.

*

Als Frieda die Haustür von Peters Häuschen öffnet und die etwas kühlere Luft des Raumes sie anhaucht, sperrt sie die Fenster weit auf, um die noch warme Nachmittagsluft einzulassen. Dabei schaut sie zur Sonne. „Es ist ja schon später als ich dachte!" stellt sie fest. „Da kommen die Leute wohl bald vom Zapfensammeln aus dem Pinienwald zurück. Ich gehe das Abendbrot machen, und ihr, Toni und Guste, könnt unseren Freunden helfen, die Sachen aus dem Boot zu holen."

Frieda macht sich auf den Weg. Mo und die Kinder sehen sich im Häuschen um. Längs der Westwand befinden sich Regale; neben dem Fenster ein kleiner Tisch, mit einem Hocker.

„Ich denke, wir können unser Schlaflager hier herrichten." schlägt Mo vor und weist auf den Holzboden, vor der gegenüberliegenden Ostwand. Die Kinder nicken zustimmend und Yasmin meint: „Dann laßt uns erst einmal die Decken und Felle holen."

Die Abendsonne ist so tief gesunken, daß sie den Horizont über dem Meer fast berührt, als Mo und die Kinder die letzten Sachen aus dem Boot ins Häuschen tragen. Alles liegt noch ungeordnet vor den Regalen am Boden. Nur die Schlaflager sind gemacht, und laden zum hineinkuscheln ein.

„Kinder, war das ein langer Tag!" Mo reckt und streckt sich. „Wir werden nachher sicher gut schlafen. Aber jetzt laßt uns mal zum Dorfhaus gehen."

„Hört ihr auch Stimmen aus dem Dorf?" fragt Guste und geht zur offenen Tür, um besser hören zu können. „Ich glaube die Leute sind aus dem Wald zurück."

Das langsam verebbende Licht der untergehenden Sonne geleitet die kleine Schar den Pfad hinab, auf das Dorfhaus zu. Aus dem Halbdunkel eines Laubbaumes löst sich ein Schatten, schwebt auf sie zu. Es ist Roa, der sich auf Mos Schulter niederläßt.

Als die Kinder, und Mo mit Roa auf der Schulter, den großen Raum betreten, sitzen alle aus dem Dorf im Licht der Öllampen um die lange Tafel versammelt.

Mit einem vielstimmigen „seid willkommen!" erheben sich alle von ihren Sitzen, wobei der Dorfälteste auf Mo zugeht. Lange, weiße Haare umrahmen sein runzeliges Gesicht, aus dem Mo dunkle Augen glücklich anschauen.

„Ich hab lange darauf gewartet, daß du wiederkommst, Mo." Darauf wendet er sich Yasmin und Marko zu: „Und ihr habt meinen alten Freund hierher begleitet?"

„Ja, Karlo", versichert Mo, „ohne Marko und Yasmin wäre ich sicher nicht wiedergekommen, aber davon erzähle ich dir noch."

„Kinder, ihr könnt Frieda helfen, das Abendbrot zu machen." schlägt ihnen der alte Mann freundlich vor. „Komm, Mo, wir setzen uns schon mal."

Karlo bietet Mo seinen Lehnstuhl am Ende der Tafel an: „Zur Feier deiner Rückkehr!" und setzt sich auf den Schemel neben ihm, wobei seine Augen auf Roa ruhen: „Der Kleine scheint dich ja sehr zu mögen."

„Das tut er wirklich, Karlo. Wir sind alte Freunde, der Kleine und ich. Wir waren schon in seinem früheren Leben Freunde, bis der Kirchenmann ihn erschlug. Jetzt bin ich so glücklich, wie ich damals traurig war. Roa, mein Freund, hat den Tod überwunden und ist ins Leben unter der Sonne und dem Nachthimmel zurückgekehrt. Sein Tod war nicht wirklich sein Ende. Tod und Geburt sind wohl irgendwie eins. Es ist so tröstlich und sooo geheimnisvoll."

Der alte Mann hat Mo mit leuchtenden Augen zugehört.

„Und du, Karlo, hast mir damals erzählt, daß kein Leben wirklich verlorengeht, in irgendeiner Form neu erblüht. Aber, daß ich das so erleben darf ...."

„Und daß ich das miterleben darf, Mo, macht mich noch glücklicher, als ich so schon bin, wenn der Kleine da ist, und die Kinder, und all das Leben dem ich begegnen und nah sein kann, so nah, daß ich Teil von allem bin.

Das war ja nicht immer so. Seit ich das aber erlebe, gibt es für mich keine Einsamkeit mehr. Nur noch ein Wundern über all das, was ich bin, und ein tiefes Glücklichsein."

Roa hat mit wachen Augen zugehört. Jetzt kuschelt er seinen Kopf in die Federn auf seinem Rücken.

Die Kinder bringen Schalen mit dampfender Suppe, verteilen sie auf der Tafel und nehmen neben Karlo platz. Frieda setzt sich Mo gegenüber auf den Lehnstuhl am anderen Ende der Tafel.

Marko und Yasmin schauen immer wieder in die Runde und wundern sich über das Gefühl, bei so vielen fremden Menschen zuhause zu sein.

Als alle Schalen geleert sind, sammeln die Kinder sie wieder ein, spülen sie in der Bodenwanne und helfen Frieda, die Brotscheiben mit Butter zu bestreichen.

Als sie auch diese verteilen, und eine davon vor Mo auf den Tisch legen, ist Roa sofort wieder hellwach. Erwartungsvoll beobachtet er, wie sein Freund einen Happen abbeißt, ihm sein Gesicht zuwendet und seinen Mund etwas öffnet. Behutsam nimmt der Vogel den Bissen von Mos Lippen und verwahrt ihn in seinem Schnabel. Nachdem er zwei weitere Happen aus Mos Mund genommen hat, fliegt er mit seiner Fracht auf einen Balken unter dem Dach, legt sein Abendbrot darauf ab und verzehrt es genüßlich. Als der letzte Krümel aufgepickt ist, fliegt Roa im Sinkflug zur Bodenwanne, senkt seinen Schnabel hinein, hebt ihn senkrecht hoch und läßt das Wasser in seine Kehle rinnen. Als er seinen Durst gestillt hat, fliegt er zurück auf Mos Schulter und läßt sich zufrieden auf ihr nieder.

Bald darauf begeben sich Mo, Roa auf seiner Schulter, Yasmin und Marko auf den Weg zu ihrem neuen Heim. Unterwegs bückt sich Mo nach einem dicken, gegabelten Ast. In der Hütte legt er ihn mit der Gabel auf das obere Regal und beschwert ihn mit einem flachen Stein so, daß der Ast etwas über das Regal hinaus in den Raum ragt.

„Das ist dein neuer Schlafplatz, Roa. Wie gefällt er dir?" Roa kuschelt sich noch tiefer auf Mos Schulter, ohne das runde Holz zu beachten.

„So, so", sagt Mo nur, und wendet sich an die Kinder, die gerade unter ihre Decken krabbeln: „Wie findet ihr denn das?"

„Vielleicht will Roa lieber bei dir schlafen", meint Yasmin.

„Da hast du wohl recht", stimmt Mo ihr zu, betrachtet das stille Licht der Öllampe, die neben dem Lager der Kinder am Boden steht und denkt nach.

Zugleich zieht er seine Hose aus, legt sie auf einen Schemel, küsst Roas Schnabel und flüstert: „Ich mach dir jetzt ein Nest aus meinem Hemd, ja?" Das ist seinem Freund wohl recht. Der fliegt auf Mos Lager hinab, beobachtet ihn dabei, wie dieser sein Hemd auszieht und es neben dem Kopfende seines Lagers zu einem nestähnlichen Gebilde formt.

„Komm, Roa", bittet er seinen Freund. Als Mo sich dann unter seine Felldecke legt, schreitet der Vogel auf das „Nest" zu, streckt seine Flügel, gähnt ausgiebig, legt sich behaglich darin nieder und sieht seinen Freund glücklich und zufrieden an.

„Daß du wieder da bist, und mit mir zusammen einschläfst! Ist das ein glücklicher Tag!"

Von halb unter den Fellen hervor läßt sich nun auch Markos Stimme hören: „Ich weiß gar nicht ob ich schon schlafen kann nach all dem, was ich heute erlebt hab; soviel wie sonst in vielen Tagen nicht."

Und mit müder Stimme fragt Yasmin: „Ob Roa wohl zaubern kann? Seit er bei uns auf dem Boot gelandet ist scheint alles, was vorher war, das Eiland, Markos Insel und vor allem der Hafen und das Dorf so weit weg."

Marko hebt seinen Kopf unter den Fellen hervor und sieht Roa an: „Ja, etwas ist anders geworden. Was war, ist seltsam weit weg. Und wenn ich erst daran denke, daß wir heute morgen noch am liebsten auf unserem Eiland geblieben wären, und jetzt mit Roa so glücklich beisammen sind, glaube ich auch, daß Mos Freund uns alle verzaubert hat."

Gedankenverloren betrachtet er den glücklichen Mo, und Roa, der sich noch einmal umschaut, gähnt und seinen Kopf in die Federn auf seinem Rücken bettet.

„Schlaf gut, Roa, gute Nacht, Mo!" wünschen Marko und Yasmin.

„Schlaft gut, Kinder!"

Marko pustet das Flämmchen der Öllampe aus. Sachte schimmert das Mond- und Sternenlicht in die Stille des Raumes.

*

Als Mo verschlafen in das Licht der Morgensonne blinzelt, sieht er Roa hellwach neben sich in seinem Hemdnest liegen. Geduldig hatte er darauf gewartet, daß sein alter Freund aufwachen würde. Nun begrüßt er ihn mit leisem Gesang, aus dem die Wiedersehensfreude einer glücklichen Seele klingt.

Zärtlich streichelt Mo Roas Schnabel, krault seinen Nacken und Kopf, flüstert ihm Liebes zu und schaut in die Tiefe seiner Augen.

In ihnen glaubt er, in diesem Augenblick, zum ersten Mal in seinem Leben ein großes Geheimnis zu entdecken: Roas uralte Seele hat die Dualität, hat Licht und Schatten überwunden. Gut und Böse haben sich aufgelöst im Ja zum Sein. In diesen Augen ruht eine Liebe, die nicht fordert, nicht wertet, nicht hofft und bangt, die unantastbar ist. Über jeden Zweifel erhaben ist sie völlig frei, dabei treu, sogar über den Tod hinaus. Auch diesen scheinbaren Widerspruch, hat Roas Rabenseele überwunden und erstrahlt in einer seltsam tiefen Lebendigkeit. „Das ist der Zauber, den die Kinder am Abend verspürten", beginnt Mo zu begreifen. „Roas Seele hat auch ihre Seelen berührt und in ihrem Licht Vergangenes verblassen lassen."

Yasmin, die von Roas leisem Gesang sanft geweckt wurde, krabbelt aus den Fellen, reibt sich die Augen, reckt und streckt sich und gähnt: „Guten Morgen, ihr beiden!"

Verschlafen murmelt Marko irgendwas in die Decken, doch gleich darauf ist er erstaunlich schnell auf den Beinen.

„Guten Morgen!" sagt er. „muß mal eben raus."
Yasmin folgt ihm nach draußen. Nachdem Roa seine Flügel gestreckt hat, schreitet er hinter ihnen her.
Inzwischen hat Mo sich angezogen. Die Kinder kommen wieder rein und Marko berichtet: „Roa ist schon ins Dorf geflogen, wollen wir nicht auch gleich hin?!"
„Ja, zieht euch mal an. Frieda wartet wohl schon mit dem Frühstück auf uns."

Als sie am Backhaus vorbeigehen, hören sie ein „raaab, raaab, raaab!" aus den Bäumen im Dorf. Darauf fliegt Roa auf Mo zu und landet auf dessen Schulter, mit einem Strauß Lindenblüten im Schnabel.
„Ist das für mich?" fragt ihn Mo.
Sein schwarzer Freund senkt den Kopf und legt die Blüten in Mos Hand. Gerührt nimmt er das Geschenk entgegen und fragt: „Soll das für unseren Frühstückstee sein?"
Roa scheint Mos Frage zu überhören und legt sich auf dessen Schulter nieder.
„Roa hat wohl nichts dagegen, wenn wir aus diesen Blüten Tee für uns brühen", meint Mo zuversichtlich. „Wir könnten aber mehr davon gebrauchen."
„Ich kann ja welche pflücken!" schlägt Marko vor. „Der Baum ist voll davon."
Nach mehreren vergeblichen Versuchen, erreicht Marko endlich den untersten Ast der Linde. Dann klettert er mühelos weiter und pflückt Blütensträuße, die er zu Yasmin hinunterfallen läßt. Die sammelt sie in ihr hochgerafftes Kleid ein.

Als Mo mit Roa und den Kindern ins Dorfhaus geht, werden sie von Frieda begrüßt, sowie von Toni und Guste, die ihr helfen, die Frühstückstafel zu decken.
„Habt ihr gut geschlafen in eurem neuen Heim?" erkundigt Frieda sich.
„So gut wie lange nicht, mit meinem Freund an meiner Seite!" antwortet ihr Mo mit strahlenden Augen.
„Wir auch, wo Roa uns wohl ein bißchen verzaubert hat", versichert ihr Yasmin.
„Der Kleine hat euch verzaubert? Wie hat er das denn gemacht?"
Frieda sieht die Kinder verwundert an, wobei Yasmin ihren Blick mit leuchtenden Augen erwidert: „Er ist uns ins Herz gekommen."
– „Wie ein guter Geist", fügt Marko hinzu.
„Ein guter Geist." wiederholt Frieda nachdenklich. „Der Kleine ein guter Geist … wo du das sagst, denke ich, er hat uns alle wohl

irgendwie verzaubert, von Anfang an, nur habe ich noch nie darüber nachgedacht."

„Und er hat Mo Lindenblüten geschenkt." bemerkt Yasmin. „Dann hat Marko auch noch welche gepflückt."

Dabei hält sie Frieda das Kleid mit den Blüten entgegen. „Wollen wir davon Tee machen?" Frieda neigt ihr Gesicht über die Blüten: „Wie das duftet! Ich glaube das Wasser ist schon heiß."

Der Wasserkessel steht auf einem Dreibein über der Glut der Feuerstelle. Die Frau nimmt von den Blüten und läßt sie in das siedende Wasser fallen. „So, das reicht wohl, den Rest kannst du in die Schale dort schütten."

Nun kommt der alte Karlo mit Toni und Guste zur Tür herein. Nach einer fröhlichen Begrüßung, setzen sich Karlo und Mo an die Tafel und schauen zu, wie die Kinder Frieda helfen, das Frühstück zu bereiten. Bald ist der Tisch gedeckt, mit Brot, Käse und Lindenblütentee. Nacheinander nehmen die Hereinkommenden an der Tafel Platz. Als Julius sich Karlo gegenüber setzt, sieht Mo ihn freundlich an: „Toni hat uns erzählt, wie ihr den Kleinen im Moos gefunden habt, daß du ihn in deine Obhut genommen und mit Toni und Guste betreut hast. Du kannst dir nicht vorstellen, wie glücklich ich darüber bin!"

„Doch, Mo, Frieda hat mir erzählt, daß der Kleine und du in seinem früheren Leben schon Freunde gewesen seid und daß du nun der glücklichste Mensch auf Erden bist. Und das versteh ich gut, wir sind ja auch Freunde, der Kleine und ich.

Der Kleine und ich haben uns gleich sehr gern gehabt. Später, als er fliegen lernte, sind wir zum Nebelsee. Dort hat er kleine Krebse und Fische gefangen und ich die großen. Am Wasserfall haben wir zusammen gebadet und viel Spaß gehabt. Wenn ich dann auf meiner Flöte spielte, hat er dazu gesungen. Du glaubst ja nicht wie schön das war!" –

„Das möchte ich so gerne einmal hören. Toni will mich zu dem Moos führen, wo ihr den Kleinen gefunden habt. Dieser Ort bedeutet mir viel, weil dort der Weg zu unserem Wiedersehen seinen Anfang genommen hat. Willst du nicht dahin mitkommen?!"

„Oh ja! Da bin ich oft mit dem Kleinen gewesen. Da haben wir uns ins Moos gelegt und geträumt; davon wie es meinem Freund ergangen wäre, wenn wir ihn nicht gefunden hätten, wie es wohl ist, in den Himmel zu fliegen, über Bäume und das Dorf zu schweben.

Dort ist er auch seinen Eltern wiederbegegnet. Sie kreisten über uns und riefen nach ihrem Kind. Als sie dann die Stimme des

Kleinen hörten, flogen sie mit ihrem anderen Kind ganz tief über uns hinweg. Da flog der Kleine auf und mit ihnen davon. Als ich sie nicht mehr sah, sich auch ihre Rufe immer weiter entfernten, war ich mit einmal sehr allein. Ich hatte meinen Freund verloren. Ich hab mich wohl gefreut, daß er wieder bei seinen Eltern und seinem Geschwister war, aber es tat auch sehr weh …

Lange habe ich da im Moos gelegen und an den Kleinen gedacht, wie wir ihn gefunden hatten und wie glücklich er immer gewesen ist. Wie ich ihn gerade noch retten konnte, als er arglos ins tiefe Wasser gesprungen war. Wie lieb und geduldig er morgens in seinem Nest neben meinem Lager darauf wartete, daß sich meine Augen öffnen würden, um mich dann endlich begeistert zu begrüßen und sich an mich unter die Decke zu kuscheln.

Da lag ich nun und träumte von meinem Rabenkind. Und dann … waren es nicht die Stimmen der Raben, die ich aus weiter Ferne hörte, die langsam näher kamen? Immer näher und lauter hörte ich die Stimmen der großen Vögel. Dann kreisten sie über mir. Einer löste sich aus ihrer Mitte, schwebte herab zu mir und landete mit glücklichen Lauten auf meinem Arm.

Noch einmal grüßten seine Eltern ihr Kind, und ich glaube, auch mich, dann flogen sie wieder über den Wald davon. Ich war ja so glücklich, daß mein Kleiner zu mir zurückgekommen war, und darüber, daß seine Eltern mir ihr Kind anvertraut haben …!

Danach kamen sie jeden Tag zum Dorf geflogen, holten den Kleinen zu einem Ausflug ab und brachten ihn später zu mir zurück. Obwohl ich ein Mensch bin, haben mich die Vögel in ihre Familie aufgenommen. Seitdem war ich nicht mehr nur Mensch, irgendwie war ich auch Rabe geworden."

Während Julius erzählte, fühlte Mo wie Roa auf seiner Schulter immer schwerer wurde. Es bedrückte ihn die Vorstellung, daß der Junge seinen geliebten Freund nun zum zweiten Mal verloren hatte. Dieses Mal, an ihn selbst. Wenn auch nicht ganz, so mußte er Roas Liebe nun mit ihm teilen.

Als Mo aufsteht, schwingt sich Roa von dessen Schulter und fliegt zur Tür hinaus. Mo, Julius und die Kinder machen sich auf den Weg zu dem Moos. Hinter den Häusern erreichen sie die Scheune am Rande der großen Wiese. Im Schatten der Obstbäume liegen die beiden Kühe friedlich wiederkauend, inmitten emsig scharrender Hühner. Die kleine Gesellschaft überquert die Wiese und wandert durch einen Wald, bis sich vor ihnen eine Lichtung auftut.

„Da!" Toni weist auf eine Stelle nahe einer Kiefer, „da haben wir den Kleinen gefunden!" Wie eine Antwort, ertönt ein kurzes „raab, raab!" aus dem Wipfel der Kiefer.

Als die kleine Schar auf das Moos zugeht, segelt Roa von der Kiefer herab und landet dort. Nun setzen sich alle um ihn herum auf den weichen Grund, zwischen dessen Moospflänzchen Roa mit seinem Schnabel, tiefsinnig blickend, vorsichtig zupfend stochert, als ob er etwas sehr Bedeutungsvolles dort zu finden hofft. Andächtig streichelt Mo das zarte Grün. Endlich scheint Roas Schnabel etwas ertastet zu haben. Der Vogel hebt ihn aus dem Grün, geht zu Mo und legt ihm einen kleinen runden Stein in die Hand. Darauf schreitet er auf Julius zu, senkt seinen Kopf vor ihm, still um Zärtlichkeit bittend. Erleichtert und glücklich sieht Mo, wie sich sein Freund nun auch wieder von Julius kraulen und liebkosen läßt.

Dabei fragt er sich, wie lange der kleine Stein wohl unter dem Moos gelegen und darauf gewartet hat, daß dieser eine Rabe ihn findet um ihn ihm in die Hand zu legen.

„Wollen wir nicht mal zum Nebelsee?" schlägt Marko jetzt vor. Toni ist gleich auf den Beinen: „Ich komm mit!" – „Ich auch!" schließt Mo sich an, wobei er sich langsam erhebt.

„Wollen wir auch zum See?" fragt Julius nun seinen Rabenfreund, indem auch er aufsteht. Der sieht ihn nur kurz an und folgt ihm, wie auch die anderen, zu Fuß auf dem Weg zum Nebelsee. Der führt in südwestliche Richtung über die Lichtung. Bis zum Waldrand geht Roa mit Julius vor dem kleinen Trupp her. Dann breitet er seine Schwingen aus, fliegt über die Lichtung und zu seinen Freunden zurück, über deren Köpfe er so dicht mit lautem „roooa, roooa!" „Flieg mit, flieg mit!" hinwegrauscht, daß ihnen der Flugwind über die Gesichter weht. Der Vogel kann es einfach nicht glauben, daß sie sich nicht doch einmal mit in die Luft erheben, wo es doch nichts Schöneres gibt, als Fliegen.

*

Von hoch über den Bäumen sieht Roa wie seine Freunde in den Wald gehen. Je höher er aufsteigt, desto kleiner erscheint Roa die Welt, auf die er herunterschaut. Wie eine grüne Wolkendecke erstreckt sich der Wald im Norden bis an die felsigen Hänge des nach Süden aufsteigenden Höhenzuges, über den hinweg Roa den Nebelsee erblickt.

Noch liegt er dunkel, in kleine grüne Hügel gebettet da, wie ein schlafender Salamander. Sein Schwanz schlängelt sich als Wildbach durch eine Schlucht. Seine Wasserzunge Hängt über eine

Felskante tief herab. Als Roa über ihm schwebt, erwacht er glitzernd und bläulich grün schimmernd.

Roa, von diesem Anblick begeistert, beginnt über ihm zu tanzen; über dem „Salamandersee."

Er legt sich auf den Rücken, greift in den Himmel und torkelt kopfüber hinab. Er jubelt und singt, breitet seine Schwingen in den Fahrtwind, der ihn rauschend in enger Kurve aufwärts trägt, bis Roa, wieder auf dem Rücken segelnd, mit den Beinen in den Himmel strampelt, um erst seitwärts abrutschend, dann mit eng an seinen Körper gefalteten Flügeln senkrecht auf den See zu zu tauchen bis er in rasendem Fall, seine Schwingen in den Luftstrom breitet und schwerelos auf das Nordende des Sees zuschwebt. Roa segelt über die Felskante hinweg, von der ein kleiner Wasserstrom hinab in einen Tümpel fällt, folgt den Windungen des Baches, der aus dem Tümpel fließt, bis er sich, hoch über dem Dorf, in eine Kurve legt, aus der heraus er auf den Waldrand unterhalb des Sees zufliegt.

Roa sieht seine Freunde aus dem Wald kommen und hört wie Julius ihn ruft. Wohl ruft er zurück, hat aber gerade eine verlockende Entdeckung gemacht: Nur wenige Flügelschläge entfernt, krabbeln lauter rote Ameisen auf einem Hügel herum. Sie besitzen eine scharfe Säure, die der große Vogel unbedingt in seinem Brustgefieder haben möchte.

Nichts leichter als das! Landung auf dem Hügel, sich mit ausgebreiteten Flügeln in das rote Gewimmel legen. Eine Heerschar erzürnter Tierchen fällt augenblicklich über den vermeintlichen Feind her. Der rekelt sich wohlig in dem Gekrabbel. Wahllos kneifen kleine Zangen in die Federn, ohne sie verletzen zu können. In die nicht vorhandenen Wunden spritzen die roten Ameisen nun ihr Gift, das nur kleinen Blutsaugern, sollten sie sich dort aufhalten, zum Verhängnis werden wird.

Nachdem Roa in den Ameisen ausgiebig gebadet hat, steht er auf, schüttelt sich und fliegt auf seine Freunde zu. Doch landet er mit seiner krabbelnden Fracht nicht, wie sonst, auf Mos Arm, sondern auf dessen Kopf. In Mos Haaren könnten sich ja auch lästige Tierchen versteckt halten, die auch mal etwas Ameisensäure vertragen könnten. Als Roa sich niedersetzt, beginnt es auf Mos Haupt zu kribbeln und zu brennen.

„Du hast ja wieder in Ameisen gebadet!" ruft Julius lachend aus und, indem er Roa aufhebt: „Komm mal schnell da runter, Mo hat die Tierchen gar nicht gern auf seinem Kopf!" Doch nun machen sie sich über die Hände des Jungen her, der seinen Freund schnell auf den Boden setzt und die Ameisen abschüttelt. Mo zieht eilig sein Hemd aus, wobei die Kinder ihm helfen, sich von den kleinen Plagegeistern zu befreien.

Roa, auf dem es noch immer kribbelt und krabbelt, versteht das Gehabe seiner Freunde nicht, schon gar nicht, daß jetzt alle von ihm Abstand halten.

So steht er da, sieht verlegen auf seine Füße, nimmt eine Ameise, die sein Bein hinunterläuft, vorsichtig mit seiner Schnabelspitze, setzt sie auf einen Grashalm und fängt an sein Gefieder, so wie Mo seine Haare, zu putzen.

*

Wieder zieht Roa luftige Kreise. Julius führt Mo mit den Kindern steinige Hänge hinauf, vorbei an undurchdringlichem Dornengebüsch, über steile, mit grauen Flechten überzogene Felshänge, bis sie endlich die Höhe erreichen, von der sie die langgezogene hügelige Senke und den Nebelsee überschauen.

Mo, wie auch die Kinder, verharren schweigend, bis Yasmin verwundert meint: „Der See liegt da, wie ein großes ruhendes Tier, mit einer geheimnisvollen Seele, die mich so seltsam berührt. Fühlt ihr das auch?"

Julius sieht Yasmin überrascht an: „Und ich dachte, der See würde nur mir so viel erzählen. Wie ein ruhendes Tier liegt er da. Ja, so sieht er jetzt wohl aus. Und ich glaube, daß dieser See sogar viele Seelen hat; etwas unheimliche, wenn der Nebel kommt, wilde und schöne im Gewittersturm und fröhliche, wenn die Sonne scheint. Soll ich euch meinen Lieblingsplatz dort am Wasser mal zeigen?"

Julius führt die kleine Schar auf das südliche Ende des Sees zu. Dort strömt aus felsiger Schlucht ein Wildbach herab in eine Bucht. Das Wasser ist so klar, daß man den leicht abfallenden Kiesgrund bis weit hinaus sehen kann.

„Wollen wir baden?!" schlägt Yasmin gleich vor.

„Ich will erst noch zu dem Bach", meint Julius, „wollt ihr mit?"

Alle wollen mit, folgen ihm am Ufer entlang. Bald erreichen sie das Kiesdelta, über das der Bach in den See fließt.

Bergauf folgen sie dem Lauf des Wassers, das sich über Felsen sprudelnd in kleine Becken ergießt und an Geröll und Pflanzen vorbei weiterfließt. Schließlich kommen sie an einen großen Tümpel, in den ein Wasserfall von einer überhängenden Felswand im Sonnenlicht glitzernd herabsinkt.

Rechts des Falls wächst üppiges Gebüsch zwischen felsigem Gestein. Vom linken Ufer des Tümpels aus, erstreckt sich, hin zum Halbrund einer Höhlung im Fels, eine mit Moosen, Kräutern und Blumen bedeckte Fläche, auf der dicht vor der Felswand ein Laubbaum steht. In das Rauschen und Plätschern hinein, verkündet Julius: „Dies ist unser Lieblingsplatz, hier bin ich oft mit dem Kleinen gewesen."

Derweil klettert Marko, gefolgt von den Mädchen, auf einen Felsabsatz hinter den Fall. Dort streckt Toni ihre Hand in das herabströmende Wasser, beugt sich etwas vor, verliert ihr Gleichgewicht und stürzt in den Tümpel.
Es ist, als wenn ein wildes Tier ihr auf den Rücken springt, sie in die Tiefe reißt, mit kribbelnden Händen rupft und schubst, helle Perlen vor ihre Augen wirbelt und sie mit dem Po an etwas hartes schubst, ehe es endlich von ihr läßt.
Nun erst rudert sie mit Armen und Beinen und taucht am Rande des Tümpels wieder auf. Hustend und prustend kämpft sie mit sich, ob sie weinen oder lachen soll. Als Toni aufblickt, und in Mos besorgtes Gesicht schaut, schluchzt sie einmal halbherzig auf, um in ein befreiendes Lachen auszubrechen. Sie ergreift Mos ausgestreckte Hand, steigt ans Ufer und versichert ihm lachend: „War gar nich schlimm, nur so plötzlich." Sie befühlt ihren Po und sagt: „Tut ja auch gar nich weh!"

Von hinter dem Fall, kommen die Kinder jetzt herbeigeeilt. Froh darüber, daß Toni noch heil ist, hilft Guste ihr, das nasse Kleid auszuziehen und breitet es zum Trocknen über eine Moosfläche. „Wie war es denn da unter dem Wasserfall?" möchte sie nun wissen. „Och, ganz wild und kribbelig."
Guste überlegt nicht lange, zieht ihr Kleid aus, läßt es neben das andere fallen und steigt in das brodelnde Wasser. Sogleich folgt ihr Yasmin, und Toni, die sich von ihrem Schrecken schon wieder erholt hat, folgt ihnen vorsichtig in den Tümpel.
Bald schwimmen, tauchen und planschen alle umeinander, wobei Julius und Mo ihnen dabei vom Ufer aus zuschauen.

Roa, der weiter oben auf einer Blumenwiese gelandet war und gerade einen Grashüpfer verzehrt, bemerkt als erster das über dem Hochland aufziehende Gewitter.
Er hat es nicht eilig und genießt den schwebenden Flug aus der Höhe hinab zu seinen Freunden, die er noch nicht sehen kann, von denen er aber irgendwie weiß, wo er sie finden wird.

Mit lautem „raaab, raaab!" begrüßt er sie aus der Höhe und landet mitten im Bach, dort, wo er aus dem Tümpel fließt.

Einige Male taucht er seinen Schnabel ein, trinkt genüßlich, und beginnt, mit dem Schnabel Wasser umherspritzend und heftig mit den Flügeln schlagend, zu baden.

Als Roa meint, naß genug zu sein, fliegt er auf Mos Schulter, plustert sich auf und schüttelt das Wasser aus seinem Gefieder. „Du gibst mir aber auch von allem etwas ab!" sagt Mo lachend zu seinem Freund und streicht mit der Hand über die Nässe in seinem Gesicht.

Aus Roas Kehle kommen zarte Laute: „Ist doch schön, so naß zu sein." oder vielleicht: „Tut mir leid, kommt nicht wieder vor?" Nein, das hat er sicher nicht gesagt! Roa tut nichts leid. Roa tut nie etwas, das ihm leidtun könnte.

*

Julius und Mo blicken auf, als sie ein rollendes Grummeln hören. Hoch über der Felswand türmen sich dunkle Wolken. Unbekümmert schwimmen und planschen die Kinder unter dem Fall.

Julius ruft ihnen zu: „Kommt mal raus, es wird ein Gewitter geben!" Doch seine Stimme geht in dem Rauschen des herabstürzenden Wassers unter. Erst als Julius sie zu sich herwinkt und auf die Wolken weist, kommen die Kinder ans Ufer und steigen aus dem Wasser.

„Brrrr, ist das kalt!" sagt Toni zitternd und schüttelt sich. Auch die anderen schütteln die Nässe von Armen und Beinen und springen in der Sonnenwärme umher.

Schnell kommt das Himmelsgrummeln näher. Erste Wolkenfetzen ziehen über die Sonne bis diese in tiefgrauen, grell durchzuckten Wolkenbergen versinkt.

Mos Blick folgt dem Lauf des Baches. Er schaut hinab zum See, über den die Wolkenschatten hinwegkriechen und sich auf beiden Seiten der Insel auf das Glitzern des Meeres legen. Sanfter Wind bewegt die Blätter des Baumes am Felsen. Vereinzelt fallen dicke Tropfen aus dem Dunkel.

Eilig nehmen die Kinder ihre Kleider auf, ziehen sie sich über und gehen auf die Höhlung im Felsen zu. Toni folgt ihnen, schaut unglücklich drein. Ihr nasses Kleid schlenkert sie neben sich her. Julius zieht sein Hemd aus und hängt es Toni über: „Du frierst ja sonst!" In lockeren Falten fällt es um ihren kleinen Körper, bis herab über ihre Knie. Zu dem Jungen aufblickend, fragt sie ihn:

„Frierst du denn jetzt nich?" „Nö, ich war ja nicht im Wasser, komm jetzt mit."

Er schiebt sie vor sich her, unter das überhängende Gestein, wo sich, außer Mo, schon alle auf den Moosboden niedergelassen haben.

Mo steht, mit Roa auf der Schulter, der noch immer seelenruhig seine Federn einzeln durch den Schnabel zieht, mitten auf der kleinen Ebene, und schaut über die Insel weit hinaus aufs Meer. Dorthin, wo erst gestern sein Freund, nach so langer Zeit, zu ihm geflogen war.

Mo fühlt, wie Roas Federn sanft über seine Wange streichen, spürt den leichten Druck von dessen Füßen auf seiner Schulter, und die Wärme seiner Brust. „Hier bin ich wirklich zuhause", denkt er, „und Yasmin und Marko sicherlich auch." Diese hocken mit den anderen Kindern dicht beisammen und wundern sich, daß Mo noch immer im Regen steht.

Als ein greller Blitz aus den Wolken in den See niederfährt, der Donnerschlag herüber hallt und es heftig zu regnen beginnt, geht Mo auf die schützende Höhlung zu.

Roa bleibt auf seiner Schulter, bis Mo sich neben Julius niedersetzt. Nun hüpft er auf den Boden, spaziert in den Regen hinaus und beginnt nochmal, nun in den nassen Kräutern, zu baden. Darauf fliegt er auf in den Baum und jubelt und singt in das Krachen der Blitze und das Rauschen des Regens.

Toni schaut zu ihm hoch und fragt besorgt: „Wird der Kleine denn nicht ganz naß?" Mo, der auch zu ihm aufschaut, kann sie beruhigen: „Der Kleine hat doch seine Flügel über sich, und da kommt bestimmt kein einziger Regentropfen durch."

Auch wenn sie es sich nicht so ganz vorstellen kann, schaut sie jetzt doch beruhigt dorthin, wo eben noch der See zu sehen war. Es regnet und regnet. Das grelle Licht der Blitze zuckt nur noch als matter Schein durch das rauschende Naß. Um so lauter hallen peitschende Donnerschläge durch das Regengrau, jagen, zick zack, irgendwohin und verebben rollend in der Ferne. Still lauschen Mo und die Kinder den Gewitterstimmen und Roas fröhlichem Rabengesang.

Endlich wird der Regen langsam schwächer, so daß der See und die Insel wieder auftauchen aus dem Regengrau und erste sonnige Flecken über das nasse Land wandern.

Mit lautem „raaab, raaab, raaab!" gleitet Roa aus seinem Baum, schwebt dicht an seinen Freunden vorbei und fliegt rufend über den Wasserfall hinweg davon.

„Der Kleine hat die fernen Rufe seiner Eltern und Geschwister gehört und fliegt ihnen entgegen." sagt Julius mit leuchtenden Augen. „Sie werden bald hier sein!"
„Roas ganze Familie?" fragt Mo hoffnungsvoll.
„Ja, seine Eltern, ein großes Geschwister, so alt wie Roa, und
zwei, die noch jünger sind."

Mo braucht nicht lange zu warten, bis ein vielstimmiges „raaab,
raaab, raaab!" ertönt und die großen Vögel hoch über den Felsen,
aus denen der Wasserfall hervorsprudelt, erscheinen.
Nacheinander ziehen sie die Schwingen an ihre Körper, fallen im
Sturzflug steil herab, bis sie ihre Schwingen wieder ausbreiten,
auf die Ebene vor Mo und den Kindern zusegeln und dort landen.

Aufmerksam beobachten die Raben die Menschen in der Felsen-
höhle, schreiten umher und reden leise miteinander. Schweigend
betrachten die Menschen ihre gefiederten Besucher, wobei jeder
in seiner Weise beeindruckt ist.
War Yasmin vor Ehrfurcht sprachlos, als ihr Roa das erste Mal so
nahe war, erlebt sie diese Begegnung ganz anders.
Obwohl ihr Roa inzwischen ja vertraut geworden ist, erkennt sie
ihn jetzt, unter den anderen, nicht wieder. In ihren Augen sehen
die Vögel alle gleich aus. Yasmin beschleicht ein Gefühl der Einsamkeit, inmitten ihrer Freunde, von wo sie die Raben betrachtet,
und deren unnahbare Lebendigkeit spürt.
Sie wäre ja so gerne mitten unter ihnen. Am liebsten wäre sie,
wenn auch nur für einen Augenblick, selbst so ein großer schwarzer Rabe.
Nur Julius und Mo haben Roa sogleich erkannt, als die Vögel lan-
deten. Irgendwie wissen sie einfach, wer von ihnen ihr Freund ist.
Hat Roa Yasmins Gedanken erraten, oder geht er einfach nur so,
mit einer Glockenblume im Schnabel, auf sie zu? Leise gurrend
legt er die blaue Blume zwischen ihre Füße, sieht zu ihr auf und
geht gemessenen Schrittes zu seinen Gefährten zurück. Nach
kurzem Palaver breiten die Vögel ihre Schwingen aus und fliegen
davon.
Yasmin schaut ihnen nach, bis sie die Raben nicht mehr sieht.
Dann erst nimmt sie Roas Geschenk in ihre Hand, betrachtet es,
und sieht Mo an: „Ob Roa wohl Gedanken lesen kann?"
„Ich glaube schon. Irgendwie wußte er immer, was ich dachte,
und was andere dachten auch. Aber wie kommst du darauf?"
„Eben war ich etwas traurig, weil ich ja kein Rabe sein kann. Dann
hat Roa mir diese Blume geschenkt. Als ob er meine Gedanken
gefühlt hat, kam es mir vor."

Mo denkt nicht lange nach: „Das glaube ich auch, und er wollte es dir durch sein Geschenk zeigen. Vielleicht wollte er dir damit aber noch mehr sagen; daß du eines Tages doch einmal ein Rabe sein wirst."

„Glaubst du das wirklich, Mo? Kann Roa denn in die Zukunft sehen?" –

„Manchmal glaube ich es. Es ist gar nicht so lange her, da ist Roa mir im Traum erschienen und hat mich in die Zukunft geführt. Das war in der Nacht, in der Höhle. Er weiß, was eines Tages geschehen wird, und hat es mir in geheimnisvollen Bildern gezeigt, deren Bedeutung mir aber ein Rätsel ist. Dich und Marko hat Roa ja auch im Traum besucht, doch ihr habt ja gleich verstanden, was er euch sagen wollte. Roa weiß wohl vieles, was wir nicht wissen."

Nachdem Mo noch eine Weile seinen Gedanken nachgegangen ist, fragt er: „Wolln wir mal zum See runter?" Yasmin sieht ihn verschmitzt an: „Und dein Versprechen einlösen?"

Auf dem Weg zum See, denkt Mo an die Fahrt durch den Sturm und sein Versprechen, schwimmen zu lernen. „Versuchen muß ichs ja", denkt er, „die Kinder haben mein Wort. Aber ich werde untergehen, wie ein Stein."

Als sie die kleine Bucht an dem Kiesdelta erreichen, ziehen sich die Kinder gleich aus, lassen ihre Kleider am Ufer ins Gras fallen und laufen lachend und spritzend über den sachte abfallenden Kiesgrund in den See hinaus.

Mo hat es nicht ganz so eilig. Es dauert auch eine ganze Weile, bis er zögerlich, in kleinen Schritten, auf die Badenden zugeht. Als kleine Wellen an seinen Bauchnabel schwappen, bleibt er stehen. „Weiter gehe ich nicht!" ruft er Marko zu. „Tiefer war ich noch nie im Wasser!"

Marko kommt ihm entgegen: „Du brauchst auch nicht weiter rein, für den Anfang ist es tief genug."

„Na dann zeig mir mal wie das Schwimmen geht!"

„So weit sind wir noch nicht. Du mußt ersteinmal Tauchen lernen, das Schwimmen geht dann ganz von alleine."

„So leicht ist das", wundert sich Mo, „ganz von alleine?"

„Ja, wirklich ganz leicht. So, dann knie dich mal hin, halte die Luft an, Augen zu, und tauch deinen Kopf unter bis du wieder Luft brauchst."

Mo fühlt, wie sich das Wasser um ihn schließt. Das hat er noch nie erlebt. Es fühlt sich gut an. Ganz etwas rudert er mit den Armen, um sein Gleichgewicht zu halten. Er fühlt sich seltsam schwerelos. Seine Knie berühren den Kiesgrund nur leicht. Er hört das Planschen der Kinder seltsam klar. Als er aus dem Wasser hochkommt, holt er tief Luft und meint: „Fühlt sich ja ganz gut an, so unter Wasser."

„Dann mach das gleich noch mal und bleib unten, so lange du kannst."

Wieder lauscht Mo den Unterwasserlauten. Er wundert sich, wie lange er es ohne Luft zu holen, aushalten kann. Dann kommt er prustend hoch.

„Das war schon sehr gut." lobt Marko ihn. „Jetzt versuch mal, die Augen im Wasser aufzumachen."

Erst wollen sich Mos Augen einfach nicht öffnen. Als es ihm doch gelingt, sie zu öffnen, gehen sie gleich wieder zu. Daraufhin taucht er auf, schüttelt bedauernd seinen Kopf: „Meine alten Augen mögen das Wasser nicht, sie sind gleich wieder zugegangen."

„Die müssen sich erst daran gewöhnen, dann wirds schon gehn. Versuchs doch gleich noch mal."

Wieder kostet es Mo einige Überwindung seine Augen zu öffnen. Dann schaut er auf den Kiesgrund, über den hinweg sich das Sonnenlicht in schwingend wechselnden Formen bewegt.

„Na?" fragt Marko Mo, der endlich auftaucht. „Ich konnte alles gut sehen, da unten, und was soll ich jetzt machen?"

„Jetzt streckst du dich lang aus, hältst die Augen wieder auf und läßt dich einfach auf den Grund sinken."

Mo legt sich ins Wasser, öffnet die Augen, breitet seine Arme aus und schwebt schwerelos auf den Grund. Dann kommt er hoch und würde am liebsten gleich wieder so im Wasser schweben. Daß er schwimmen lernen will, hat er ganz vergessen.

„So, Mo. Wenn du wieder auf den Grund zusinkst, versuch mal, mit den Armen so zu rudern, daß du in der Schwebe bleibst und dabei langsam vorwärts schwimmst."

Als er zu sinken beginnt, streckt Mo seine Arme vor, so wie er es bei den Kindern gesehen hat und bewegt sie, seine Handflächen leicht gewendet, einen Halbkreis beschreibend nach hinten. Dabei merkt er, wie das Wasser ihn zu tragen beginnt, und sieht, wie der Kiesgrund sich langsam unter ihm nach hinten bewegt.

Er wundert und freut sich wie ein Kind, das seine ersten tapsigen Schritte geht, ohne sich irgendwo festzuhalten. Er lacht mit geschlossenem Mund, daß Luft aus seiner Nase blubbert und Wasser hineinschwappt. Hustend und lachend kommt er hoch: „Hab nur Wasser in die Nase gekrigt, weil ich lachen mußte."

Indem Marko jetzt einige Schritte rückwärts geht, fordert er Mo auf, diesmal auf ihn zu zu tauchen. Unwillkürlich rudert Mo jetzt auch mit den Beinen und gleitet auf Marko zu, bis er, um Luft zu

holen, aufwärts taucht und schwimmend seinen Kopf aus dem Wasser hebt. „Schwimm weiter, Mo!" ruft Marko ihm begeistert zu. „Du kannst ja wirklich schon schwimmen!"
Doch schwappt ihm beim Luftholen eine kleine Welle in den Mund, so daß er wieder husten muß und froh ist, daß er gleich Grund unter den Füßen hat. Nun kommen die Kinder herbei und Yasmin fragt ungläubig: „Kannst du wirklich schon schwimmen, Mo?"
„Ganz etwas nur, ich kanns kaum glauben!"
Doch Marko meint: „Du hast sehr schnell gelernt und wirst bald ein guter Schwimmer sein."
„Bestimmt!" sagt Toni. „Aber wollen wir nicht erst ins Dorf und Mittag essen? Ich hab ja son Hunger!"

Als Mo und die Kinder im Dorf ankommen, hören sie Roas „raab, raab", der aus schwebendem Flug auf Mos Schulter landet. Auf der Bank vor dem Dorfhaus, sitzen Karlo und Frieda, die die Heimkehrenden mit den Worten: „Ihr seid sicher hungrig." begrüßt. „Ganz, ganz hungrig!" beteuert Toni. „Dann kommt mal mit rein!"

Karlo und Mo lassen sich an dem langen Tisch nieder. Die Kinder setzen sich auf die Schemel um die Feuerstelle. Nun stellt Frieda eine große Bratpfanne auf das Dreibein über die Glut. Dann gießt sie Öl in die Pfanne und löffelt aus einer Tonschale einen Brei hinein, der sich zischend zu kleinen Fladen über den Pfannenboden breitet. Toni beugt sich über die Pfanne und schnuppert in die aufsteigenden Dämpfe. „Oh, Eierkuchen! Mmmm!" Sie kann es kaum erwarten, daß die gar werden.

Als Yasmin zwei Teller mit Eierkuchen vor Mo und Karlo auf den Tisch stellt, schaut Roa mit plinkernden Augen von Mos Schulter auf die Kuchen hinab. Er kann es auch kaum erwarten, einen Happen davon zu bekommen, richtet sich auf und hebt seine Flügel mit angewinkelten Handschwingen bedächtig über sich, senkt sie wieder, legt sich auf Mos Schulter zurück, hält seinen Kopf schief und blickt mit einem Auge aufmerksam ins Gebälk unter dem Dach, als gingen ihn die Kuchen nichts mehr an. Er weiß ja, daß sie noch heiß sind. Und daß er sein Teil abbekommen wird. Als Mo ihm dann ein Stückchen gibt, nimmt er es vorsichtig in den Schnabel und fliegt damit hoch auf einen Balken, um es genüßlich zu verzehren.

Nach dem Essen will Marko Mos Schwimmunterricht fortsetzen. Alle wollen dabei sein. Auch Frieda und Karlo folgen Mo und den Kindern an den Strand, indes Roa zum Wald hin davonfliegt. Marko und Mo gehen in das ruhige Wasser der Bucht.

Als Mo sich hinein legt, wundert er sich darüber, daß er hier viel langsamer absinkt als vorher im See. Und wie er dann zu schwimmen beginnt, kommt er bald aus dem Wasser heraus. Diesmal holt er aber erst wieder Luft, nachdem er noch einige Schwimmzüge gemacht und sich im Wasser aufgerichtet hat.

„Es wird ja immer besser!" ruft Marko begeistert aus. „Wenn du jetzt noch richtig atmest, kannst du wirklich schon schwimmen!" Nun ruft er Julius, nimmt dessen Hand, hält sie unter Wasser und sagt zu Mo: „Jetzt legst du dich auf unsere Arme und schwimmst los, und atmest ein, wenn du die Arme nach hinten bewegst."

Mo legt sich vertrauensvoll über die Arme seiner Freunde, hat aber das Gefühl, nach vorne überzukippen, und rudert hektisch gegen das Einsinken an. Sogleich bewegen die Jungen ihre Arme unter Mo etwas vor, wobei Marko ihn ermahnt: „Ganz langsam, und die Beine anziehen, wenn du die Arme nach hinten ruderst." Bald findet Mo seinen Rhythmus, und als die Jungen ihre Arme unter ihm wegnehmen, schwimmt er weiter, ohne das zu merken. Als Mo sich aufrichtet, reicht ihm das Wasser bis zur Brust. Halb gehend, halb schwimmend bewegt er sich auf den Strand zu. Dort wird er mit großem Beifall empfangen und sagt: „Schwimmen geht ja ganz leicht!"

*

Nach dem Gewitter, war der Wind ganz eingeschlafen. Das Wasser der Bucht liegt ruhig unter der hochstehenden Sonne. Zwei glänzende Leiber schnellen durch den glatten Wasserspiegel pfeifend in die Höhe und klatschen ins Wasser zurück.

„Sanftauge, Stimme!" rufen Yasmin und Marko und laufen ihren Freundinnen ins Wasser entgegen. Toni, Guste und Mo folgen ihnen und bald werden sie alle mit stubsen und streicheln begrüßt. Julius, der von den Delphinen bisher nur gehört hatte, schaut sich mit Frieda und Karlo die lebhafte Begrüßung von Mensch und Tier vom Strand aus an.

Am liebsten würde er sich mittenhinein stürzen, zwischen die sich umeinander bewegenden Leiber. Aber irgendeine Scheu hält ihn davor zurück, bis Marko ihm zuruft: „Komm doch auch!"
Immer noch zögernd geht er auf Marko zu. Sanftauge schwimmt ihm entgegen, hebt ihren Kopf aus dem Wasser, schaut zu ihm auf und stubst ihn tastend an seine Brust. „Sanftauge", sagt Julius unwillkürlich, „du bist doch wohl Sanftauge!" und streichelt ihr über den Kopf. Dabei fühlt auch er diese seltsame Wärme aus seiner Hand durch seinen Körper rieseln. Dann läßt sich Sanftauge zurück ins Wasser sinken und gleitet mit einer einzigen Bewegung ihrer Schwanzflosse auf Marko zu. Als der seinen Arm über ihren Rücken legt, schwimmt sie mit ihm, gefolgt von Stimme und Yasmin, auf die Mündung der Bucht zu.

*

Auf dem Schiff, das fernab vom Hafen vorbeisegelt, bemerkt niemand, daß die kleine Liz über Bord gegangen ist. Einer der Delphine, die das Schiff schon eine Weile begleiten, hebt das Kind aus dem Wasser und trägt es auf den Hafen zu.
Fischer Johann, der mit dem Kirchenmann auf der Kaimauer sitzt, weist über die Hafeneinfahrt hinaus: „Was kommt denn da angeschwommen?"
„Sieht aus wie eine Puppe, die ein Fisch da bringt. Irgendwie unheimlich, das geht doch nicht mit rechten Dingen zu!"
„Eine Puppe im Meer? Sieht aus wie ein schlafendes Kind, das über dem Fisch da hängt."
Neben Liz und ihrem Retter, heben jetzt noch andere Delphine ihre Köpfe aus dem Wasser, schauen zu den beiden Männern rüber, und tauchen wieder unter.
„Das sind ja Delphine!" wundert sich der Kirchenmann. „Sie kommen direkt auf uns zu, gehn wir mal runter ans Wasser!"
Als die Delphine den Hafen erreichen, und der mit dem Kind auf das sachte ansteigende Ufer zuschwimmt, sagt der Kirchenmann: „Das Balg da hat rote Haare. Hab ichs mir doch gedacht!" und bekreuzigt sich flüchtig.

„Das da ist ja wohl Teufelswerk! Und wenn der Delphin da, nicht gar der Gottseibeiuns selber ist, der uns den Hexenbalg unterschieben will!"

Bei diesen Worten zögert der Delphin einen Augenblick näher zu kommen. Er scheint die bösen Gedanken des Mannes zu spüren. Doch überwindet er sich, schwimmt ans Ufer, legt seine kleine Last aufs Trockene und entfernt sich zögernd.

Hilflos, und vor Angst und Kälte zitternd, schaut die kleine Liz den Männern in die Augen. Während in Johanns Gemüt Mitleid mit dem Kind, und Angst vor dem Kirchenmann miteinander ringen, packt der das Kind so derb an einem Bein, daß es aufschreit, und schleudert es mit den Worten: „zum Teufel mit dir, du Hexenbalg!" aufs Wasser zurück.

Der Delphin hat die Hafeneinfahrt noch nicht erreicht, als er das Kind ins Wasser plumpsen hört, kehrt um, hebt es aus der Tiefe hoch und trägt es wieder auf das Ufer zu.

Jetzt ergreift der Kirchenmann einen Enterhaken, geht ins Wasser auf Liz und den Delphin zu, und haut und sticht in blinder Wut auf die beiden ein. Sogleich schwimmen Delphine herbei, die den Verletzten helfen wollen.
„So hilf mir doch!" ruft der Kirchenmann Fischer Johann zu. Der möchte am liebsten weglaufen. Doch wie Johann das Kind reglos im blutigen Wasser neben dem schreiend sich windenden Delphin treiben sieht, macht er, wo ja doch nichts mehr zu retten ist, gute Miene zum bösen Spiel, ergreift ebenfalls einen Enterhaken und macht, zunächst aus reiner Verzweiflung über seinen Wankelmut, bei dem Gemetzel mit, bei dem dann auch ihn ein Blutrausch überkommt. Keiner der Delphine versucht zu fliehen. Sie lassen ihre Freunde nicht im Stich.

Als der erste Schmerzensschrei des verwundeten Delphins weithin durch das Meer hallte, vernahmen auch Sanftauge und Stimme ihn. Augenblicklich kam Bewegung in ihre Körper. Sie schwammen so schnell in die Richtung aus der die Schreie kamen, daß Yasmin und Marko sich nicht mehr an ihnen halten konnten, und weit draußen im Meer zurückblieben.
„Was mag sie nur gerufen haben, daß sie so schnell losgeschwommen sind?" fragt Yasmin besorgt. „Ob sie auch bald wiederkommen?"

„Sie kommen bestimmt bald wieder. Wir können aber schon mal ein Stück zurückschwimmen."

Inzwischen haben der Kirchenmann und Fischer Johann alle Delphine im Hafen ermordet, oder so schwer verwundet, daß sie mit dem Tode ringen. „Da kommen ja noch welche!" wundert sich der Kirchenmann.

Sanftauge und Stimme irren völlig verwirrt zwischen ihren Gefährten umher. Sie wollen helfen, und versuchen absinkende Delphine über Wasser zu heben, um ihnen das Luftholen zu ermöglichen. Dabei geraten sie in die Nähe der Männer und in Reichweite ihrer Enterhaken. Stimme und Sanftauge sinken schließlich auch, aus vielen Wunden blutend, auf den Grund.

*

Yasmin und Marko sind in Richtung Schwanenhals geschwommen, bis ihre Kräfte nachließen. Nun liegen sie auf dem Rücken in den Wogen und halten sich mit leichtem Rudern ihre Hände über Wasser. Das rettende Ufer ist ja noch so fern!
„Wenn Sanftauge und Stimme doch endlich kommen wollten!" ruft Yasmin mit verzagter Stimme aus.
„Oh, jetzt seh ich sie! Dort über dem Wasser stehen sie in der Luft und rühren sich nicht. Und jetzt ... sind sie nicht mehr da!" und in Tränen ausbrechend, sagt sie schluchzend: „Oh Marko, ihnen ist was zugestoßen! Sie werden nicht mehr wiederkommen!"
Marko gruselt es. Ihm läuft es kalt über den Rücken. Mit gepreßter Stimme sagt er: „Wir müssen aber auf sie warten!"
Und wie jemand, der im Traume spricht, langsam, mit tonloser Stimme, erwidert Yasmin: „Sie leben nicht mehr, und wir müssen auch sterben. Sie sahen so unwirklich aus, so leblos, so stumm."

*

Als Yasmin und Marko mit Sanftauge und Stimme in die Bucht hinausschwammen, gingen Frieda und Karlo mit den Mädchen ins Dorf zurück. Mo und Julius folgten den Davonschwimmenden an dem Ufer des Schwanenhalses.

Als die beiden das Nordende der Insel erreichten, waren die Delphine mit den Kindern schon weit ins Meer hinausgeschwommen. Mo und Julius setzten sich auf dem Hügel dort ins Gras, und warteten auf deren Rückkehr. Da hörten sie ein „raaab, raaab, raaab!" und bald landete ihr schwarzer Freund vor ihnen und begann Insekten aus dem Gras zu picken. Als er genug davon verspeist hatte, sprang er behende, mit nur einem Flügelschlag, auf Mos Knie und fing an sein Federkleid zu pflegen. Als Roas Federn wohlgeordnet waren, hüpfte er vor Mo ins Gras und ging wieder auf Insektenjagd.

Julius, der angestrengt auf die beiden Punkte da draußen schaute, wendete sich Mo zu: „Sie werden nicht wieder größer, sie müßten doch langsam mal zurückschwimmen!"

„Da hast du wohl recht, was machen die bloß so lange da draußen?!"

„Da stimmt was nicht. Marko und Yasmin müssen doch schon ziemlich ausgekühlt sein!"

„Irgendwas muß da passiert sein. Komm, laß uns ein Boot nehmen, vielleicht brauchen sie unsere Hilfe!" Indem Mo auf die beiden Punkte da draußen weist, sagt er zu Roa: „Flieg schnell zu Marko und Yasmin, sag ihnen, daß wir bald kommen!"

Der große schwarze Vogel breitet seine Schwingen aus und fliegt aufs Meer hinaus. Julius und Mo eilen zurück zur Bucht, lassen das schnellste Boot zu Wasser. Julius rudert das kleine Gefährt mit aller Kraft auf die Mündung der Bucht zu.

Yasmin und Marko liegen nah beisammen auf dem Rücken in den ruhigen Wogen. Yasmin fühlt, wie Markos Hand sie an ihrer Seite berührt. „Weißt du noch, daß wir zusammen sterben wollten, eh wir groß sind?" Yasmin sieht hilflos zu Marko rüber: „Aber doch nicht jetzt! Wir sind doch noch lange nicht groß!"

Yasmin wendet sich auf ihre Brust, hält inne, schaut um sich und fragt Marko: „Hast du das auch gehört?" dann ruft sie aus: „Marko, ich seh schon wieder was! Sieh mal, dort oben!"

Jetzt hören sie beide, noch leise, aber deutlich, Roas ferne Stimme, sehen ihn, wie er schnell näher kommt. Eine vage Hoffnung auf Rettung keimt in den Kindern auf. Roa wird ihnen wohl nicht helfen können, doch allein sein Erscheinen macht ihnen Mut.

Nun segelt er von hoch über dem Wasser auf sie herab und spricht aufgeregt zu ihnen in seiner Rabensprache: „kra, krak krak, hik rooo." wobei er flügelschlagend so dicht über ihren Köpfen hängt, daß die Luftstöße seiner Schwingen über ihre Gesichter wehen. Yasmin hebt ihre nasse Hand zu Roa hoch, berührt mit ihr seine weiche Federbrust und sagt zu ihm: „Roa, lieber Roa, flieg zu Mo und sag ihm, er soll kommen und uns holen. Wenn wir nicht bald gerettet werden, müssen wir ertrinken. Flieg ganz schnell zu Mo!"

Sein tiefes, beruhigendes „roa" hört sich an wie: „Ich hab dich verstanden." Dann löst sich seine Brust von ihrer Hand, und der große Vogel fliegt nach Schwanenhals davon.

Yasmin hat ganz vergessen wie weit es bis zu der Insel noch ist, und glaubt wirklich, daß sie noch gerettet werden. Beide schauen Roa nach und sehen nun, daß er auf ein Boot zufliegt.

„Sie kommen schon!" ruft Yasmin voller Hoffnung aus. „Sie sind schon ganz nah, und es ist Mo, der da winkt!"

„Ich seh ihn auch, und es ist wohl Julius, der da rudert."

Doch Markos Stimme hört sich nicht sehr hoffnungsvoll an. Er kennt das Meer eben besser als Yasmin und weiß wie schwer es ist, auf ihm Entfernungen richtig einzuschätzen. Er beobachtet Roas Flug und denkt: „Er ist schon so weit geflogen, und immer noch nicht angekommen!"

Dann, endlich, landet Roa auf Mos ausgestrecktem Arm. „Sind sie noch bei Kräften? Was haben sie gesagt?" fragt Mo ihn besorgt. Roa schaut Mo an, dann aufs Meer und wieder zu Mo. „Ja, flieg zu ihnen, und mache ihnen Mut durchzuhalten bis wir kommen!"

Die Augen der Kinder hängen förmlich an dem sich stetig nähernden Boot, seit sie es erblickt haben. Und nun auch an Roa, der, schnell größer werdend, auf sie zufliegt. „Es dauert nicht mehr lange, bis sie bei uns sind." sagt Marko, jetzt zuversichtlicher. „Hörst du auch Mos Rufe?" – „Jaaa! Sie sind schon ganz nah!"

In ihrer Freude, umarmt sie Marko, will ihn heftig an sich drücken und merkt dabei wie wenig Kraft sie noch in ihren Armen hat. Schnell küßt sie ihn auf den Mund, sieht ihm in die Augen, und sagt: „Wir bleiben doch immer zusammen, ja?!" – „Immer!" – „Auch wenn wir doch noch sterben?" – „Auch dann, aber wir sterben ja nicht!"

Ein lautes „raaab, raaab!" unterbricht ihre angst- und hoffnungsvollen Gedanken. Roa ist wieder bei ihnen, und hängt flügelschlagend dicht über ihren Köpfen. Wieder streckt Yasmin ihm ihre Hand entgegen und berührt mit ihr seine Brust. Doch fühlt sie seine weichen Federn nicht mehr, an ihrer weißen Hand, die bald zurück ins Wasser sinkt.

Roa fliegt dicht über die Wogen, dem Boot entgegen, das jetzt von Mo gerudert wird. Julius steht im Heck und ruft den Kindern zu: „Haltet durch, wir sind gleich bei euch!"

Wieder liegen die Kinder auf dem Rücken und halten sich, am ganzen Körper zitternd, gerade noch so über Wasser. Mit stockender Stimme sagt Marko jetzt: „Mir drückt was auf die Brust, daß ich kaum noch Luft krieg, und meine Arme sind so schwer." – „Marko! Sie sind doch gleich da!"

So sehr er sich gegen ein lähmendes Gefühl in Armen und Beinen auch wehrt, fühlt Marko jetzt, wie Wasser über sein Gesicht schwappt. Er hält die Luft an und versucht vergeblich, wieder über Wasser zu gelangen. Yasmin greift nach seinen Armen, versucht ihn hochzuziehen, holt Luft, schluckt Wasser, hustet, schlingt ihre Arme um Marko, der seine Arme kraftlos um sie legt, und klammert sich verzweifelt an ihm fest. Vor ihren Augen beginnen kleine helle Sterne zu tanzen … in ihrer Umarmung sinken sie langsam in die Tiefe …

Helles Klingen hallt von den Sternen und erfüllt sie mit einem berauschenden Glücksgefühl, in dem sie sich von ihren Leibern lösen, und seltsam schwere- und körperlos einander durchweben. Sie berühren und fühlen sich und sehen die Gedanken des anderen. Es ist, als seien sie in einer anderen, und doch vertrauten Welt. Es gibt keine Fragen mehr, nur noch ein Schauen und grenzenloses Wahrnehmen.

Jetzt fühlen sie Berührungen wie sanfte Küsse, spüren die Nähe ihrer Freundinnen Sanftauge und Stimme, sehen ihre schönen Gestalten sich um sie her bewegen – durchsichtig und ohne Flossenschlag. Es gibt kein Wünschen und Wollen mehr, aber sie alle wissen, daß sie zusammen auf eine weite Reise gehen.

*

Greifbar nah sahen Julius, Roa und Mo die Kinder in den Wogen versinken. Als das Boot die Stelle erreicht, taucht Julius hinab und erblickt Yasmin und Marko, tief unter sich.
„Sie liegen sich in den Armen und leben nicht mehr." sagt Julius mit Tränen in den Augen zu Roa und Mo. Mo schaut übers Wasser in die Ferne. Auch ihm rinnen Tränen übers Gesicht. Dann

küßt er Roa auf die Brust. „Yasmins Hand hat sie gestreichelt",
sagt er, „gerade eben noch." und: „Sie sind ja nicht wirklich tot",
und küßt Roas Hals, „so wie du auch nicht wirklich tot warst, unter
dem Kastanienbaum."

Schweigend, ohne Eile, rudert Julius das Boot. Mo denkt zurück
an die Zeit mit Marko und Yasmin. Dabei erinnert er sich an seinen Traum in der Höhle und erzählt Julius: „Was die Delphine da
vom Schiff in den Hafen gebracht haben, weiß ich nicht. Aber sie
wurden dort ermordet. Das war, als sich die Nacht über den Hafen
legte. Die weißen Lichter, die im Dunklen umherirrten, waren wohl
ihre Seelen und … Sanftauge und Stimme eilten ihnen zur Hilfe,
wobei sie dann auch ermordet worden sind. Es gibt da nur einen
Mann im Dorf, der sowas fertigbringt; es ist der, welcher einst Roa
erschlagen hat. Doch konnte er die Leiber der Delphine töten, ihre
Seelen aber nicht. Nur eine Seele konnte er zerstören … seine
eigene … und das hat er längst schon getan."

*

Als Julius, und Mo mit Roa, ins Dorfhaus eintreten, sieht Frieda
sie fragend an. „Ja, Frieda", sagt Mo mit gepresster Stimme.
„Marko und Yasmin sind ertrunken, da draußen im Meer."
„Ich hab schon Schlimmes geahnt, als ich euch mit dem Boot so
eilig rausfahren sah." sagt sie schluchzend.
„Es ist nicht schlimm, Frieda, es tut nur sehr weh. Die Kinder haben nur Gutes getan, einander und mir. Sie haben mich und Sanftauge und Stimme in ihre Herzen gelassen, und ich, sie in meines.
Dabei ist Leben erblüht, das nicht vergehen kann. Sie haben mir
so viel Liebe geschenkt, daß ich einen großen Schatz in mir trage.
Und sie haben so viel Leben und Liebe in sich, daß sie, da wo sie
jetzt sind, nur glücklich sein können."

Mo setzt sich an die Feuerstelle, sieht in die Glut, streichelt Roa
und spricht leise mit ihm. Still setzt sich Julius zu ihnen. Als die
übrigen Dorfbewohner hereinkommen, berichtet Frieda ihnen, was
geschehen ist. Darauf deckt sie mit Toni und Guste die lange Tafel für sie. Dann bietet sie Mo und Julius Butterbrote an. Julius

sieht zu Frieda auf und schüttelt den Kopf: „Mag nichts essen."
Mo sieht Frieda nachdenklich an: „Der Weg zu ihnen, ist auch so
schon lang genug. Aber ich danke dir sehr für alles." Darauf wendet er sich an Julius: „Ich will die Nacht oben am Fall sein. Hilfst
du mir die Felle tragen?"

In dem Häuschen betrachtet Mo wehmütig das verlassene Lager
der Kinder, streichelt es zärtlich mit zitternder Hand und sagt:
„Hier kann ich nicht mehr sein. Aber in den Fellen der Kinder
möchte ich schlafen, da sind sie mir ganz nah."

Roa hatte sich auf Mos Schulter bis vor das Häuschen tragen lassen. Dann flog er über die Bäume davon. Als Julius und Mo am
Fall ankommen, begrüßt sie ihr schwarzer Freund aus dem Baum,
neben der Höhlung im Felsen, in die sie die Felle legen. Mo breitet sie auf den Boden aus und läßt sich mit Julius auf ihnen nieder.

Die tiefstehende Sonne verbirgt sich hinter dem Felsen jenseits
des Falls, doch ihr Licht flutet über Wasser und Land. Julius und
Mo schauen über die Insel und das stille Meer, dorthin, wo Yasmin und Marko versunken sind.
„Wo sie jetzt wohl sind?" fragt Julius gedankenverloren.
Mo blickt auf zu seinem schwarzen Freund: „Irgendwie fühle ich
sie ganz nah; bei Roa in den Blättern, im Sonnenlicht, im Glitzern
des Wassers, dort oben, wo es über die Felskante sprudelt, und
auch in der kühlen Luft, die vom Tümpel herüber weht, wie in dem
Felsen hier, und überall. Ich spüre ihre Nähe, und daß Sanftauge
und Stimme bei ihnen sind, und daß sie alle sehr glücklich sind."
Versonnen schaut Julius aufs Meer: „Ich fühle sie jetzt auch …
ganz nah."

Schweigend schauen Mo und Julius über die Insel und das Meer.
Ihre Gedanken und Gefühle verweben sich in das Rauschen und
Plätschern des Wasserfalls, zu einem verträumten Geflecht aus
Liebe, Hoffnung und Traurigkeit.

Die Sonne ist an dem Felsen vorbeigewandert. Ihr Abendlicht liegt
wärmend auf den Gesichtern von Julius und Mo.

„Ich mag dich gar nicht hier allein lassen", sagt Julius, indem er
sich von den Fellen erhebt, „aber Roa ist ja bei dir."
„Geh nur, Junge. Ich bin doch hier nicht allein. Die Kinder und
Delphine sind ja auch bei mir."

„Morgen komme ich aber wieder, Mo. Und ich wünsche dir eine gute Nacht."
„Wünsche ich dir auch, mein Junge."

Auf dem Weg zum Bach, fühlt Julius eine vertraute Berührung auf seiner Schulter. Roa ist dort gelandet, spricht in zärtlichen Lauten zu ihm. Sogleich tauchen in Julius die Bilder wieder auf, wie sein Freund dicht über Yasmin und Marko in der Luft hing, und sie bald darauf nicht mehr zu sehen waren. Stille Tränen rinnen Julius über seine Wangen. Dabei fühlt er eine seltsame Kraft, die Roas Stimme in ihm weckt, die sich tröstlich über seine traurigen Gefühle legt.

Mo schaut in die untergehende Sonne, wie die beiden das Dorf erreichen, Roa sich mit saften Lauten von Julius verabschiedet, von seiner Schulter gleitet, und in die hereinsinkende Nacht davonfliegt. Beim Anblick der ins Meer sinkenden Sonne erfüllt Mo tiefe Freude. „Bald", denkt er, „werde auch ich aus dieser Welt gehen, und bei Yasmin und Marko und unseren Freundinnen sein."

Die letzte Sonnenglut verlischt da draußen, wo Meer und Himmel sich berühren, als Mo Roas Gruß: „raab, raab!" vernimmt. Der große Vogel landet auf seinem Knie und spricht zärtlich singend zu ihm. Dann ordnet er seine Federn, gähnt ausgiebig, blickt in den Sternenhimmel auf, legt sich nieder, sagt etwas, das sich anhört wie: „Gute Nacht, Mo", und bettet seinen Kopf auf seinem Rücken in weiche Federn ein. Als Mo ihn sachte von seinem Knie heben will, wacht er gleich auf, reckt und streckt sich und schaut Mo fragend an.
„Du kannst ja gleich weiterschlafen. Ich will dir nur eben noch dein Nest machen."
Roa schaut zu, wie Mo seine Hose auszieht und sie neben seinem Lager zu einem ovalen Nest formt. Während Roa das Nest begutachtet, zieht Mo sein Hemd aus und kuschelt sich in die Felle.
Sein Rabenfreund legt sich neben ihm in sein Hosennest. Im Rauschen des Wasserfalls sinken sie in tiefen Schlaf.

*

Marko, Yasmin, Stimme und Sanftauge, die nicht mehr gebunden sind an ihre irdischen Leiber, lassen sich einfach nur treiben. Wie im Traum schweben sie durch farbig webendes Leuchten, vorbei an Schemen von Fischen, deren Seelen sie wie sanftes Klingen berühren. Durch Steine und Wasserpflanzen gleiten sie hindurch, empfinden deren Wesenheiten als singendes Klingen.

Die Stimmen vieler Glöckchen berühren sie im Wasser unter dem Fall. Noch sind Julius und Mo unten im Dorf. Doch Roa ist eben in seinem Baum neben der Höhlung in der Felswand gelandet.

Sanftauge und Stimme hatten ihn nur einmal von weitem gesehen. Jetzt spüren sie seine Nähe, empfangen seine Gedanken, wissen, daß er dort auf Mo und Julius wartet.

Yasmin und Marko haben sich unter Roas Federn eingekuschelt, lauschen dem Puckern in seiner Brust, weben sich in seine Träume ein. Dort sind sie: bei Roa, aber auch in der Luft, im Wasser des Tümpels, im Fels über den es herabfällt, überall …

*

Verschlafen lugt Mo unter den Fellen hervor. Die Sterne der Nacht verblassen in dem fahlen Licht das von dorther das Nachtdunkel erhellt, wo sich die Sonne noch hinter den Hügeln des Festlands verbirgt. Im Dunkel liegen noch das Meer, Schluchten und Senken, und der Wald. Graue Nebelschwaden hängen über dem See. Roa liegt in seinem Nest und blinzelt zu Mo rüber. „Nein, lieber Roa, wir haben nicht geträumt." sagt Mo bekümmert und krault den Hals seines Freundes. Dann kuschelt er sich wieder in die Felle und träumt von den Kindern, bis die ersten Strahlen der aufgehenden Sonne die Felsen hinter dem Fall in mildes Morgenlicht tauchen.

Als Roa sich reckt und streckt und den Schlaf aus seinen Federn schüttelt, zieht Mo sich an, geht zum Tümpel, trinkt von dem kühlen Wasser und wäscht sich den Schlaf aus seinem Gesicht. Er geht zum Lager zurück, legt sich wieder in die Felle, schaut hoch zu einem rosa Wölkchen, und läßt sich mit ihm irgendwohin treiben, indes Roa umherspaziert und eine Heuschrecke hier, einen Käfer da, und dort eine Beere verspeist. Dann hält Roa inne, hat wohl was gehört, erhebt sich in die Luft, ruft: „raaab, raaab, ra-aaab!" und fliegt den Bach entlang hinab auf den See zu.

Mo hat mit seinem Wölkchen schon fast den Horizont erreicht, da erscheint Julius mit Roa auf der Schulter und einem Rucksack auf dem Rücken.
„Guten Morgen Mo! Frieda und alle lassen dich grüßen. Sie hat uns auch ein Frühstück eingepackt."
Mo richtet sich auf: „Schön dich zu sehen, Junge!"
Nachdem Roa auf Mos Schulter übergewechselt ist, legt Julius den Rucksack auf den Boden ab, entnimmt ihm zwei irdene Becher und füllt sie mit Wasser aus dem Bach. Dann setzt er sich zu Mo, holt ein Tuch aus dem Rucksack, breitet es auf dem Boden aus, packt noch Brotscheiben, kleine Käse und gekochte Eier aus, legt alles auf das Tuch und sieht Mo einladend an.
„Iß du nur, Junge." fordert Mo ihn auf, nimmt einen der kleinen Käse und gibt ihn Roa in den Schnabel.
Der legt ihn auf Mos Schulter, hält ihn mit einem Fuß fest und ver-speißt einige Happen. Den Rest nimmt er in den Schnabel und fliegt damit auf seinen Baum, wo er ihn in ein Astloch steckt. Dar-auf pflückt er Blätter vom Baum und legt sie sorgsam darüber. Nun fliegt er zurück, landet vor dem Tuch und sieht Mo erwar-tungsvoll an.
„Nimm nur!" Behutsam nimmt Roa ein Ei mit dem Schnabel auf, legt es neben das Tuch, zerhackt es, verspeist etwas von dem Eigelb und trägt den Rest Ei zu einer Felsspalte, in die er ihn hin-einstopft und mit kleinen Steinchen bedeckt.
Als Roa schließlich auch noch von dem Brot nimmt, und Mo noch immer nichts gegessen hat, frag Julius ihn: „Magst du denn gar nichts essen, Mo?"
Mo schüttelt den Kopf: „In mir ist so große Freude, daß da kein Platz mehr ist für solche Speise. Die Kinder und Delphine sind jetzt überall um mich her: im Fels, in den Pflanzen, der Luft, dem Wasser das ich trinke." Andächtig hebt er einen der Becher an seine Lippen, schließt die Augen und trinkt.
Julius sieht Mo nachdenklich an: „Ich fühle ja auch ihre Nähe, Mo, aber wohl nicht so wie du. Es ist mehr, daß ich an sie denke und traurig bin, weil sie nicht mehr da sind."
„Für mich sind sie ja noch da, obwohl ich sie nicht mehr sehen kann. Es ist, als ob sie im Traum zu mir kommen und mit mir sprechen. Sie wissen, daß ich auf dem Weg zu ihnen bin."
Julius sieht seinen Freund betroffen an: „Wirst du denn auch noch sterben, Mo?"

„Ja, mein Junge. Mir ist, als wenn da ein verwunschenes Traum-
land ist, in dem die Kinder mit den Delphinen auf mich warten. Ich
werde meinen Leib hier einfach liegen lassen, und ganz dahin gehen, wo mein Herz ja längst schon ist.
Du mußt deswegen nicht traurig sein. Denke nur, daß Mo seinen
Weg gefunden hat, den er glücklich und zufrieden geht. Roa, die
treue Seele, wird dann bei mir sein und wissen, daß es gut so ist,
wenn ich gehe.“
Der Junge schaut seinen alten Freund liebevoll an: „Ich glaube ich
versteh dich jetzt, Mo. Darf ich dann auch bei dir sein, wenn du
gehst?“
„Es wird bald sein, mein Junge. Ich spüre was in meinem Herzen,
wie eine unbändige Sehnsucht, fühlt es sich an, daß mir glückliche Schauer durch den Körper gehen, die mich mitnehmen wollen
von hier. Es wird sehr bald sein, mein Junge.“

*

Roa, der inzwischen auch sein Brot irgendwo versteckt hat,
kommt jetzt angeflogen und landet auf Mos Knie. Mo beugt sich
zu ihm vor, krault seinen Hals, küßt seinen Schnabel, und Kopf,
und sagt zu ihm: „Roa, mein lieber Roa, ich werde zu Marko und
Yasmin fliegen, auf den Flügeln meiner Seele, und dich und Julius
hier zurücklassen.
Deine Liebe aber, wird mich begleiten, und meine Liebe laß ich
hier bei dir und Julius deinem Freund.“
Mo schaut Roa in seine dunklen Augen, auf deren Grund ein kleines weißes Licht erglimmt, das aufleuchtet, und ihn, wie auf weißen Schwingen, zu tragen beginnt – über die Insel hinweg aufs
Meer hinaus – in das er, wie in eine Wolke bunt flimmernder Blü-
tenblätter sinkt …

Mo glaubt erst es seien Blüten, die ihn sanft berühren. Dann
nimmt er die schimmernden Gestalten der Kinder und Delphine
wahr. Sie alle denken durcheinander, erzählen ihm auf diese Weise, daß sie oben am Fall, bei ihm gewesen sind, dort von ihm erfahren haben, daß er zu ihnen kommen wolle, und daß sie nun
mit ihm auf eine wundersame Reise gehen werden.

Mo erlebt, wie er mit den Kindern und Delphinen auf den Meeres-grund zu sinkt. Als sie in ihn hinein schweben, ist es, als wären sie in einer Wunderwelt, die sich vor ihnen auftut und sie umgibt. Sie spüren, daß sie alles, was sie sehen, hören und berühren, auch selber sind.

Um und in ihnen pulsieren Klänge, die aus Kristallen zu ihnen schwingen und farbiges Nordlicht-Gewebe über die Landschaft hängen. Sand, Steine, Metalle, Kristalle sind voller Leben. Mo, die Kinder und Delphine nehmen deren Wesenheiten als vertrautes Erinnern an den Ursprung ihres Seins wahr.

Sie erleben, wie alles mit allem verbunden ist, und fühlen sich ge-borgen in der unendlichen Fülle des Seins. Ihre Ichs verlieren sich in dem Erleben, mit allen Wesenheiten, dem ganzen Kosmos ver-bunden zu sein. Ihre Seelen sind erfüllt von all der Liebe und Nä-he, die sie gegeben und empfangen haben. Lieben ist wahrneh-men und berühren und sich berühren lassen. Den anderen wahr-nehmen. Das einem fremde, im Anderen, dennoch wahrnehmen – wie sich Sanftauge und Marko wahrgenommen haben, Roa und Mo, Stimme und Yasmin, und sie alle untereinander. So ist eine Liebe erblüht, in der alle geborgen waren, so wie sie auch jetzt noch immer in ihr geborgen sind.

„Liz", denken alle gleichzeitig, und sehen, wie sich eine bläuliche Gestalt aus den Nordlichtschleiern löst, und auf sie zuschwebt.
„Ich war so allein!"
„Wo kommst du denn her?"
„Ich bin dem Bösen begegnet – und dann war ich bei den leuch-tenden Fischen. Oh, Sanftauge, Stimme, ihr wolltet mir ja noch helfen, als ich schon im Licht war!"
„Komm nur, kleine Liz!" denken beide.
„Bleib bei uns, kleine Liz." denken nun alle, und so fühlt Liz sich glücklich und geborgen.

*

Nun spüren sie alle, wie sich von weit her etwas nähert; eine Le-bendigkeit, die anders ist, als alles um sie her.
Eine Sehnsucht steigt aus den Tiefen ihrer Seelen auf, und die Ahnung einer Verwandlung aus dieser Welt in jene, die sie verlas-sen haben.

Yasmin, deren Sehnsucht wohl am größten ist, erinnert sich daran, wie die Raben am Fall zu ihnen kamen, und daß sie so gerne auch ein Rabe gewesen wäre.

Mo, der Yasmins Gedanken bemerkt, denkt bei sich: „Ich weiß nicht, wie viel Zeit vergangen ist. Vielleicht hat Roa ja inzwischen mit einer Rabenfrau ein Nest gebaut. Vielleicht wird Yasmin ja eines seiner Kinder sein."

„Ja Mo, das möchte ich so schrecklich gern! Jetzt weiß ich auch, was Roa mir mit der blauen Blume sagen wollte, als er sie mir schenkte. Und du hast es ja gleich gewußt …! Was möchtest du denn aber sein, Mo?"

„Das andere Kind von Roa möchte ich sein. Seine Augen waren das Letzte, was ich sah, als ich meinen alten Leib bei ihm zurückgelassen hab, und sie werden das erste sein, das ich sehe, wenn sich meine Rabenaugen öffnen werden …"

Marko denkt auch nicht lange nach: „Ein Delphin möchte ich sein, und im Meer leben, bei Schwanenhals …"

Sanftauge und Stimme haben den gleichen Wunsch: „Menschen möchten wir sein, die Kinder von Guste und Julius."

Liz hat allen zugehört: „Liz möchte so gerne ein Schwalbenkind sein, dort, am Dingle Bay. In dem Nest unter dem Grassodendach unseres Häuschens möchte ich liegen, an meine Geschwister gekuschelt meine geflügelten Eltern erwarten, und den Melodien lauschen, die mein Vater am Abend auf seiner Panflöte spielt."

*　*　*

Nina Clausen, so wie
Ursula Nootbaar-Wegner

Danke ich, für ihre Hilfe,
bei der Gestaltung dieses kleinen Romans